हुड़दंग

(उपन्यास)

चरन सिंह

Published By

Redgrab Books Pvt. Ltd.

942, Mutthiganj, Prayagraj, 211003

www.redgrabbooks.com

contact@redgrabbooks.com

Price in india : 250/- INR

First published by Redgrab Books in 2024

Copyright © 2024 Redgrab Books Pvt. Ltd.

Copyright Text © 2024 Charan Singh

Printed and bound in India

Cover Design & Typesetting by Redgrab Books team

ISBN :978-93-95697-92-7

समर्पित

माता-पिता

को

जिन्होंने पढ़ा लिखा कर मुझे काबिल बनाया कि मैं
किताब लिखने का साहस कर सका हूँ।

पत्नी पूजा, बेटी आराध्या और बेटा अर्पित

को

जिनका समय मैंने लिखने में जाया किया।

31 कोर्स

के

मेरे सभी साथियों को जिनके साथ मैंने हुड़दंग मचाई है।

आप लोग आईएएस पीसीएस बनने वाले लोगों की कहानी जरूर पढ़े होंगे। लेकिन कभी किसी ने फौजी बनने की कहानी पढ़ी है। उनके ट्रेनिंग की कहानी शायद ही पढ़ी है, शायद न पढ़े हो। जितनी मेहनत लोग आईएएस और पीसीएस की तैयारी के लिये करते हैं। उतनी ही मेहनत एक लड़का जो फौजी बनता है, वह करता है। फौज में भर्ती होना आसान बात नहीं है, और उसकी ट्रेनिंग करना तो और भी आसान बात नहीं है। ट्रेनिंग में हम जैसे पढ़े-लिखे ज़ाहिल गँवार लड़को को इंसान बनाया जाता है। इन्हें तपाया जाता है, इन्हें निखारा जाता। कुम्हार जैसे अपने बर्तनों को पीट-पीट कर सुधारता है, जौहरी अपने हीरे को तरासता है। वैसे ही फौजी उस्ताद अपने सिपाही को निखारते हैं।

एक सिपाही गलती करता तो पनिशमेंट पूरे कोर्स को मिलता है। जब गलती एक करे सजा सबको मिले, तभी हुड़दंग होता है। नये लड़के भर्ती होकर ट्रेनिंग सेंटर पहुँचते हैं तो ये लोग बिना सींघ पूछ के बैल होते हैं जो कहीं भी किसी से भिड़ जाते हैं। इन्हीं लड़को को ट्रेनिंग के दौरान ईमानदारी, वफादारी, आज्ञाकारी, जिम्मेदारी के साथ-साथ अनुशासित रहने का पाठ पढ़ाया जाता है।

यह कहानी है 31 नम्बर कोर्स के चालीस लड़कों की। उनके ट्रेनिंग की। इस कहानी में चालीस लोगों का नाम लाना और उनकी कहानियों को लिखना मेरे लिये मुश्किल है। लेकिन फिर भी हम सब लोग ट्रेनिंग के दौरान बहुत कष्ट झेले हैं। बहुत मजे भी लिये हैं। बहुत हुड़दंग मचाया है। इसलिए जिन भाइयों का नाम इस कहानी में शामिल नहीं कर पाया उन लोगों से मैं क्षमाप्रार्थी हूँ।

अनुक्रम

अध्याय-1

बारहवीं का रिजल्ट आते ही मेरे बाबू जी ने मुझसे पहला सवाल किया, "बरखुरदार अब क्या करने का इरादा है?"

मैंने सोचे बगैर ही कह दिया, "फौज में जाऊँगा।"

"लगता है जो, रात में बार्डर फिलिम देखे हो? उसका भूत अभी तक नहीं उतरा है तुम्हारे दिमाग से। फौज में जाने के लिये मेहनत करनी पड़ती है, दौड़ना पड़ता है। लेकिन मेहनत करना और दौड़ना तो तुम्हारे बस की है नहीं। फिर कैसे फौज में जाओगे?" बाबू जी ने एक झटके में मेरे फौज में जाने के सपने को तोड़ते हुए मुझसे सवाल किया।

मैं अपनी आँखें जमीन में घुसाये हुए कहा, "क्यों फौज मेरे बस की नहीं है, मैं भी मेहनत कर सकता हूँ, दौड़ सकता हूँ।"

"वो तो दिख ही रहा है कि कितना मेहनत कर सकते हो। अगर फौज में जाना है तो सुबह चार बजे उठना सीखो। देख रहे हो रामफल के बेटवा विनोद को। एड़ी तक का जोर लगा रहा है बेचारा। दौड़-दौड़ कर पैर में छाले पड़ गये हैं। फिर भी दौड़ नहीं निकाल पाता।"

"वह दौड़ की प्रैक्टिस सही से नहीं कर रहा होगा, तभी दौड़ नहीं निकल पा रहा है।" मैंने कहा।

"हाँ, तो तुम बहुत दौड़ कर रहे हो जो एक दिन में मिल्खा सिंह बन जाओगे।अगर फौज में जाने की सोच लिये हो तो कल से दौड़ने के लिये जाओ, तब पता चलेगा कि विनोद सही से दौड़ कर रहा है कि नहीं।" मेरे बाबू जी ने मेरी बोलती बंद करते हुए कहा।

"ठीक है, कल से मैं भी दौड़ने जाऊँगा।" मैंने कहा और बाबू जी मुझे घूरते हुए चले गये।

कल रात तक मैंने नहीं सोचा था कि मैं फौज में जाऊँगा। मैंने भी बहुत

छोटा सपना देख रखा था। बारहवीं पास करने के बाद ग्रेजुएशन और फिर बीएड। बीएड करने के बाद किसी गाँव के प्राइमरी स्कूल में टीचर बन जाऊँगा। छोटे बच्चों को, क से कबूतर, ख से खरगोश और ग से गमला पढ़ा कर मजे से जिंदगी बिता लूँगा। लेकिन एक दिन पहले मेरे दोस्त बल्लू ने मुझको आवाज देकर बुलाया, "करने-करने कहाँ है।"

बल्लू की आवाज सुनकर मैं अपने घर से बाहर आ गया और बल्लू से पूछा, "क्या है?, क्यों बुला रहा है गलाफाड के?"

मुझको देखते ही बल्लू ने अपनी शर्ट उठायी और मुझको बॉर्डर फिलिम की सीडी दिखाकर कहा, "ये देख भाई, आज नयी पिक्चर की सीडी लाया हूँ।"

"कौन सी पिक्चर की सीडी है?" मैं उत्सुक होकर पूछा।

"बॉर्डर फ़िल्म है, सन्नी देवल की।" बल्लू ने जवाब दिया।

"बॉर्डर फ़िल्म?" मैं चौंकते हुए उसकी बात को दोहराया।

"हाँ करने, बार्डर फ़िल्म की सीडी है।" बल्लू ने अपनी बात को और पुख्ता करने के लिये मुझे बॉर्डर फ़िल्म की सीडी पकड़ा दिया।

मैंने बॉर्डर फ़िल्म की सीडी को अपने हाथ में लेकर उलट-पलट कर उसका अच्छे से मुआयना किया और खुश हो गया। मेरे घर में ब्लैक एंड व्हाइट टीवी और सीडी प्लेयर था। बल्लू कहीं से बॉर्डर फ़िल्म की सीडी ले आया था और मुझको इसलिए बुला रहा था जिससे आज हम लोग बॉर्डर फ़िल्म देख सके। मैं भी बॉर्डर फ़िल्म की सीडी देखकर बहुत खुश हुआ और कहा, "चलो आज एक और फिलिम देखने का सौभाग्य मिल गया।"

शाम होते-होते यह खबर पूरे गाँव मे फैल गयी कि आज बल्लू बॉर्डर फ़िल्म की सीडी लाया है, जो रात आठ बजे करन अपने घर के बाहर बरामदे में चलायेगा। शाम तक बीसों लौंडे आकर मुझसे पूछ गये, "कि करने कितने बजे बॉर्डर फिलिम का शो शुरू करेगा।"

मैंने सबको बता दिया, "रात आठ बजे आ जाना। शो रात आठ बजे से शुरू हो जाएगा। देर मत करना, वरना फिलिम अधूरी ही देख पाओगे और देर से

आने के बाद कहोगे की फिलिम दुबारा चला दो, तो मैं नहीं चलाऊँगा। इसलिए सब लोग समय पर आ जाना। मेरा मानना था फिलिम देखने में जब तक भीड़ न हो और तालियों के साथ सीटियाँ न बजे, तब तक फ़िल्म देखने में मजा कहाँ आता है। इसलिए मैंने सबको बता दिया था।"

मेरे गाँव में अभी भी एक-दो लोगों के पास ही टीवी थी। इसलिए लोग फ़िल्म देखने के लिये लालायित रहते थे। साथ ही कोई नयी फिल्म की सीडी आ जाये तो फिर क्या पूछना। पूरा गाँव इक्कट्ठा हो जाता था, फ़िल्म देखने के लिये। आठ बजने से पहले ही मैं और बल्लू ने टेबल निकाल कर उसमें टीवी और सीडी सेट कर दिया। बैटरी का इंतजाम भी मैंने पहले से ही कर लिया था। आठ बजने से पहले ही गाँव के लोग भी इक्कट्ठा हो गये थे। अब मुझे वर्षा के आने का इंतजार था। आज मेरे घर के बाहर इतनी भीड़ थी कि जैसे किसी सिनेमाहाल में फिलिम देखने के लिये लोग इकट्ठा हो गये हो। मेरे घर का बरामदा खचाखच भरा हुआ था। ठीक आठ बजे लोग मुझसे फिलिम शुरू करने का आग्रह करने लगे। लेकिन मैं तो वर्षा के आने का इंतजार कर रहा था। वर्षा ने शाम छह बजे आकर आज मुझसे खुद कहा था कि , "वो भी फ़िल्म देखने आयेगी। जब तक मैं न आऊँ तब तक फ़िल्म शुरू मत करना।"

मैं वर्षा की बात को कैसे काट सकता हूँ। मैं उससे प्यार जो करता हूँ। वर्षा भी मुझसे प्यार करती है। फ़िल्म देखने के बहाने ही तो हम दोनों मिल पाते थे, एक साथ रह पाते थे।

जैसे ही आठ बजे, भीड़ से एक आवाज आयी। आवाज गोवर्धन चचा की थी, "करने, चला न फ़िल्म, कितना इंतजार करायेगा। आठ तो बज गये हैं?"

"चचा और दस मिनट रुक जाइये न, और भी लोग तो आयेंगे। अगर वो लोग पूरी फिलिम नहीं देख पायेंगे तो मुँह फुलायेंगे।" मैंने गोवर्धन चचा से कहा।

"अब कौन बचा है करने? पूरा गाँव तो यहाँ इकट्ठा हो गया है।" गोवर्धन चचा मन ही मन ख़फ़ा होकर बोले।

"अरे चचा दस मिनट की तो बात है, शायद कोई अभी न आ पाया हो। दस मिनट पूरा होते ही फ़िल्म शुरू कर दूँगा।" मैंने उनसे फिर कहा।

"हमें पता है अभी कौन नहीं आया?" गोवर्धन चचा ने कहा।

मैं डर कर गोवर्धन चचा से पूछा, "कौन?"

"वही वर्षा जिससे तेरी गुटरगूँ चल रही है।" गोवर्धन चचा ने बेखौफ कह दिया।

गोवर्धन चचा की बात सुनकर मुझे गुस्सा तो बहुत आया मगर मैं अपने गुस्से को पीते हुए बोला, "चचा माधुरी टिका कर आये हो का, जो अनाप-शनाप बक रहे हो।"

मेरी बात सुनकर सभी लोग हँसने लग गये। सभी लोग एक पल के लिएलिये अचंभित भी हो गये कि गोवर्धन क्या बोल रहा है। फिर सबकी शंकित नज़र मेरी तरफ घूम गयी। लेकिन सब लोग गोवर्धन चचा के देशी पौवे के बारे में जानते थे। वो माधुरी टिका कर कभी भी कहीं भी भसड़ मचा देते और किसी भी गटर में मुंडी घुसा देते थे। इसलिए उनकी बात को कोई गौर नहीं किया। अब गोवर्धन चचा दुबारा बोलते इससे पहले उन लोगों ने उसकी बोलती बंद कर दी।

मैं मन ही मन गोवर्धन चचा को गाली देता रहा। मेरा मन कर रहा था कि उसका मुँह तोड़ दूँ। लेकिन मैं बात बढ़ाता तो सबको गोवर्धन चचा की बात पर विश्वास हो जाता, इसलिए मेरा चुप रहना ही मुझे सही लगा। मैं चुप रह गया।

दस मिनट होने से पहले वर्षा भी आ गयी। जैसे ही वर्षा आयी। मेरी आँखों में चमक और शर्म आ गयी। क्योंकि अभी दो मिटन पहले मुझे और वर्षा को लेकर जो रायता गोवर्धन चचा ने फैलाया था। वह अभी सही तरह से समेट भी नहीं पाया था कि वर्षा आ गयी।

मैंने लोगों का ध्यान भटकाने के लिये टीवी और सीडी ऑन कर दिया। फ़िल्म शुरू हो गयी। सभी लोग खुशी से झूम उठे। कुछ लोगों की आँखें एक बार के लिये मेरी तरफ घूम गयी। मगर मैं किसी की परवाह किये बगैर जहाँ वर्षा बैठी थी उसके पीछे बैठ गया।

मेरे घर के बाहर आज पूरा गाँव इकट्ठा था। लोगों को बैठने तक कि जगह नहीं थी। सब लोग अपने-अपने बैठने के लिये अपना-अपना बिछौना लेकर

आये थे। जैसे ही बॉर्डर फ़िल्म शुरू हुई। लोगों ने तालियाँ और सीटियाँ बजाना शुरू कर दिया। आज फिलिम देखते हुए ऐसा लग रहा था जैसे लोग भारत और पाकिस्तान का मैच देखते समय खुश होकर तालियाँ और सीटियाँ बजाते हैं, वैसे ही आज बॉर्डर फ़िल्म शुरू होते ही मेरे गाँव के लोग तालियाँ और सीटियाँ बजा रहे थे। फ़िल्म भी तो इंडिया और पाकिस्तान के बीच लड़ाई पर आधारित थी। इसलिए लोग तालियाँ और सीटियाँ बजा रहे थे। फ़िल्म के एक-एक सीन, एक-एक डायलॉग पर सीटियों और तालियों की गड़गड़ाहट से पूरा गाँव गूँज जाता था। ऐसा लग रहा था सच में किसी थियेटर में तालियाँ और सीटियाँ बज रही हो।

बूढ़े, बच्चे, जवान और औरतें सब बॉर्डर फ़िल्म देखने आये थे। सबको मेरे और वर्षा के बारे में पता भी चल गया था। लेकिन अब सब लोग फिलिम में मशगूल थे। आज मेरी हिम्मत वर्षा की तरफ देखने की नहीं हुई।वर्षा ने एक दो बार मुझे इशारे से बुलाया। लेकिन जब मैंने उसकी तरफ ध्यान नहीं दिया तो उसने मेरे हाथ में एक चिगोटी काट ली। मैं जोर से चीख पड़ा।

मेरी चीख कुछ लोगों के कानों तक ही गयी। तभी बल्लू ने पूछा, "क्या हुआ करने?"

मैंने हड़बड़ा कर कहा, "लगता है चींटे ने काट लिया है।" वर्षा मेरी हालत देखकर मुस्कुराने लग गयी। मैं वर्षा से कैसे बताता कि अभी उसके और मेरे प्यार का रायता गोवर्धन चचा ने फैला दिया था। हम दोनों को अब सँभल कर रहना होगा।

अब फिर से सब लोगों का ध्यान फ़िल्म पर लग गया। फ़िल्म देखकर किसी-किसी के तो आँखों में आँसू भी आ गये थे। फ़िल्म के एक सीन में एक अंधी माँ अपने बेटे के लिये रो रही है, कि उसका बेटा धर्मवीर बार्डर से वापस आयेगा। वह अपने बेटे की शादी करेगी। धर्मवीर की प्रेमिका उसका इंतजार कर रही है। सब फौजी बॉर्डर पर पहरा दे रहे थे। उनकी चिट्ठियाँ आयी है, जिन्हें पढ़कर उनके आँखों में आँसू भर आये हैं। लेकिन वह लोग अपने आँसुओ को छिपा कर अपने देश की सेवा कर रहे हैं। सुनील शेट्टी एक डायलॉग बोलते हैं "धरती मेरी माँ है।" फिर से सीटियाँ बज जाती है। मथुरा दास छुट्टी को लेकर

परेशान है।

फ़िल्म देखते हुए मेरे मन में भी आया कि मैं भी फौज में जाऊँ और देश की सेवा करूँ। वर्षा मेरा इंतजार करे। वह मुझे चिट्ठियाँ लिखा करे। मैं वर्षा को देखने लग गया। वर्षा की आँखों मे भी मुझे पानी बहता दिखा। मैं सोचने लग गया, अगर मैं फौजी बन गया तो क्या वर्षा कभी मेरे लिये रोयेगी? क्या वह मुझे चिट्ठियाँ लिखा करेगी। काश! ऐसा होता। फिर मेरे दिमाग में आया ऐसा तो सिर्फ फिल्मों में होता है हकीकत में तो नहीं।

वर्षा मेरी पड़ोसी थी। मैं और वर्षा बचपन से एक साथ पढ़े थे। जब मैं होमवर्क नहीं करता और मुझे टीचर से मार मिलने वाली होती थी तब मेरा होमवर्क वर्षा ही किया करती थी। जिससे मैं मार खाने से बच जाता था। उम्र बढ़ती गयी। मैं वर्षा से प्यार करने लग गया। वर्षा भी मुझसे से प्यार करने लग गयी थी।

स्कूल से लेकर कॉलेज के दिनों में अगर कोई लड़का वर्षा से कुछ बोल भी देता तो मैं उस लड़के भिड़ जाता था। क्योंकि मुझे अच्छा नहीं लगता था कि कोई भी लड़का वर्षा से बात करे। इस बात से वर्षा नाराज भी होती थी कि मैं सभी लड़को से लड़ने लगता हूँ। न जाने कब और कैसे मैं वर्षा को अपना मानने लगा था। इसलिए कोई लड़का उससे बात करे यह मुझे कतई पसंद नहीं था। फिर वो दिन भी आ गया जब मैंने वर्षा से कह दिया कि, "वर्षा, मैं तुमसे प्यार करता हूँ।"

वो दिन था रविवार का। शाम चार बजे नैशनल चैनल पर फ़िल्म आ रही थी 'जान तेरे नाम'। मेरे घर पर भी कोई नहीं था। सिर्फ मैं और वर्षा ही फ़िल्म देख रहे थे। फिलिम भी बड़े इश्क-मुश्क वाली कॉलेज प्रेम की कहानी पर थी। ये तब की बात है जब हम दोनों एक ही क्लास में ग्यारहवीं में पढ़ रहे थे। एक हफ्ते बाद हमारी भी छुट्टियाँ होने वाली थी। फिलिम में गाना बजा 'कल कॉलेज बंद हो जायेगा तुम अपने घर को जाओगे, मैं अपने घर को जाऊँगी'। मैंने वर्षा का हाथ पकड़ लिया और बिना सोचे-समझे उससे बोल दिया, "वर्षा मैं तुमसे प्यार करता हूँ।"

वर्षा मेरी बात सुनकर कुछ देर तक सदमे में आ गयी। फिर न जाने क्या हुआ? वह मुझे गले से लगाते हुए बोली, "मैं तो सोचती थी कि तुम बिल्कुल फट्टू के फट्टू हो। तुम कभी मुझसे अपने प्यार का इजहार कर ही नहीं पाओगे। लेकिन तुमने मुझसे अपने प्यार का इजहार कर दिया। फिर उसने वही कहा जो मुझे उससे सुनना था, "आई लव यू करन।"

उस दिन से मैं और वर्षा एक हो गये। अब मुझे जब भी मौका मिलता मैं वर्षा के घर के चक्कर काटता रहता। वर्षा की एक झलक पाकर मैं खिल उठता था। यह बात जरूर गोवर्धन चचा ने गौर की होगी। और आज रायता भी फैला दिया था।

मैं वर्षा के पास बैठा बॉर्डर फिलिम देख रहा था। वर्षा का ध्यान फ़िल्म के साथ-साथ मुझ पर था।अचानक वर्षा बॉर्डर फ़िल्म देखते हुए बोल पड़ी, "हाय फौजी कितने प्यारे होते हैं। करन तू फौजी क्यों नहीं बन जाता।"

वर्षा के मुख से 'हाय फौजी कितने प्यारे होते हैं, करन तू फौजी क्यों नहीं बन जाता' सुनकर मैं खुश हो गया। उसके एक-एक शब्द शहद की तरह मीठे होकर मेरे दिलो-दिमाग में घूमने लग गये। जिनका स्वाद मुझे एक पल के लिये फौजी बनने पर मजबूर कर दिया। फिर क्या था मैं जो थोड़ी देर पहले बॉर्डर फ़िल्म देखते हुए सोच रहा था कि मैं भी फौजी बनूँगा। अब मैंने मन ही मन कहा, "अब तो मैं फौजी जरूर बनूँगा।"

मैंने वर्षा से धीरे से कहा, "वर्षा, मैं तेरे लिये फौजी बनूँगा।" वर्षा मेरी बात सुनकर फिर से मुस्कुराने लगी।

बॉर्डर फ़िल्म तो खत्म हो गयी लेकिन मेरे दिलो-दिमाग में वर्षा के वो शब्द 'हाय फौजी कितने प्यारे होते हैं करन तू भी फौजी बन जा' अभी भी मेरे जहन में घूम रहे थे। मेरे दिमाग में फौजी बनने का ऐसा भूत चढ़ा जो कुछ दिन तक तो उतरा ही नहीं। मैंने उसी दिन से ठान लिया था कि मुझे फौजी बनना है। देश की सेवा करनी है। फौजी ड्रेस पहनकर कश्मीर की वादियों में तिरंगे को लहराना है। ये सब बॉर्डर फ़िल्म देखने का और वर्षा के प्यार का ही तो नतीजा है।

* * * *

रात को बॉर्डर देखे। सुबह-सुबह महाभारत हो गयी। बलवंत चचा लाठी लेकर मेरे घर में घुस आये। और चिल्लाते हुए मेरे बाबू जी को ललकारने लगे, "निकल सुमेर, तेरे लौंडे के चक्कर मे मेरी बदनामी हो रही है।"

"क्या कर दिया मेरे लौंडे ने?" मेरे बाबू जी ने पूछा।

"तेरे बेटे का चक्कर मेरी बेटी वर्षा के साथ चल रहा है।" बलवंत चचा ने कहा।

"अरे साला गूढ़ दिमाग, ये बात दबाने की है कि जग जाहिर करने की।" मेरे बाबू ने कहा।

"तू मुझे गूढ़ दिमाग कह रहा है।" बलवंत चचा और क्रोधित होते हुए बोले।

"अरे यार नाराज न हो ये बता तुझसे किसने कहा कि मेरे बेटे का चक्कर वर्षा के साथ चल रहा है?"

"गोवर्धन ने कहा हैं।" बलवंत चचा बोले।

"अरे यार बलवंत तू उस बेवड़े गोवर्धन की बात में आ गया। जो हर दिन देशी ठर्रा टिका कर किसी नाली में पड़ा रहता है और वो हर दिन किसी न किसी को भिड़ा देता है। तू उसकी बातों में आ गया। वर्षा और करन के बीच ऐसा कुछ नहीं है, जो तू सोच रहा है।"

"फिर भी मैं तुझे बताने आया हूँ। आज के बाद तेरा बेटा मेरे घर के आस- पास भी दिखा तो मैं उसकी टाँगे तोड़ दूँगा" -बलवंत चचा जमीन पर लाठी पटकते हुए बोले।

"तोड़ देना, लेकिन अभी तो बात को न बढ़ा, जितनी तू बात बढ़ायेगा उतना ही तेरी बेइज्जती होगी।"- मेरे बाबू जी बलवंत चचा को शांत करते हुए बोले।

जितने गर्मजोशी से बलवंत चचा आये थे उतनी ही जल्दी शांत हो गये। ऐसे लगा कि जैसे किसी बच्चे ने माचिस की तिल्ली में आग लगा दी हो और

किसी दूसरे बच्चे ने फूँक मारकर बुझा दिया हो। गोवर्धन चचा ने आग लगा दी थी और मेरे पिता जी ने उसे पल भर में बुझा दिया था। सब कुछ आधे घंटे में शांत हो गया।

मैं बिस्तर में लेटे हुए यह सब सुन रहा था। आज डर के मारे मैं अपने बाबू जी को अपना चेहरा भी नहीं दिखाया। मगर शाम को मेरा बारहवीं का रिजल्ट आ गया। मैं रिजल्ट देखकर आया ही था, तभी मेरे बाबू ने मुझे अपने पास बुलाया और कहा, "बरखुरदार कितने परसेंट आये हैं अबकी।"

मैंने डरते हुए कहा, "बासठ परसेंट।"

"बस बासठ परसेन्ट, तुम तो बोल रहे थे अस्सी परसेन्ट तो कोई रोक नहीं सकता।" बाबू जी ने मुझे घूरते हुए कहा।

"कोशिश तो अस्सी परसेंट की ही थी लेकिन नहीं आ पाये।" मैं सहमें हुए बोला।

"अब क्या करने का इरादा है।" बाबू जी ने बात को न बढ़ाते हुए पूछा।

मैंने भी बिना सोचे-समझे कह दिया, "फौज में जाऊँगा।"

"लगता है जो रात में बार्डर फिलिम देखे हो? उसका भूत अभी तक नहीं उतरा है तुम्हारे दिमाग से। फौज में जाने के लिये मेहनत करनी पड़ती है, दौड़ना पड़ता है, पसीना बहाना पड़ता है। लेकिन मेहनत करना,पसीना बहाना और दौड़ना तो तुम्हारे बस की है नहीं, फिर कैसे फौज में जाओगे? हाँ एक बात और बताओ ये बलवंत की लड़की से क्या मामला है।" बाबू जी ने एक झटके में मेरे फौज में जाने के सपने को तोड़ते हुए और वर्षा के बारे में मुझसे सवाल किया।

मैं अपनी आँखें जमीन में झुकाए और सहमें हुए बोला, "फौज मेरे बस की क्यों नहीं है, मैं भी मेहनत कर सकता हूँ, दौड़ सकता हूँ।"

"वो तो दिख ही रहा है कि कितना मेहनत कर सकते हो। सुबह चार बजे उठना सीखो, अगर फौज में जाना है। देख रहे हो रामफल के बेटवा विनोद को एड़ी तक का जोर लगा रहा है बेचारा। दौड़-दौड़ कर पैर में छाले पड़ गये हैं। फिर भी दौड़ नहीं निकाल पाता।"

"वह दौड़ की प्रैक्टिस सही से नहीं कर रहा होगा तभी नहीं निकल पा रहा है।" मैंने फिर कहा।

"हाँ, तो तुम बहुत दौड़ कर रहे हो जो एक दिन में निकाल लोगे। अगर फौज में जाने की सोच लिये हो तो कल से दौड़ने के लिये आओ तब पता चलेगा कि विनोद दौड़ सही से कर रहा है कि नहीं।" मेरे बाबू जी ने मेरी बोलती बंद करते हुए कहा।

"ठीक है। कल से मैं भी दौड़ने जाऊँगा।" मैंने कहा और बाबू जी मुझे घूरने लग गये।

फिर बाबू जी ने कहा, "उस बलवंत के घर का चक्कर लगाना छोड़ दो।"

"मैं कब उस बवलंठ के घर का चक्कर लगाता हूँ?" मैं बलवंत चचा को बदजुबानी करते हुए कहा।

"तो वो फिर सुबह-सुबह लठ लेकर क्यों आ धमका था, और तुम बदजुबानी कब से सीख गये।" बाबू जी ने घूरते हुए मुझसे पूछा।

"मुझे नहीं पता कि क्यों आ गये थे। लेकिन मैं बलवंत चचा के घर का चक्कर नहीं काटता।" मैंने अपने तेवर को शांत करते हुए कहा।

"ठीक है कोई बात नहीं, लेकिन अब उसके घर के पास जाना भी नहीं और कल से दौड़ने जाया करो। मैं विनोद से कह दूँगा वह तुझे अपने साथ दौड़ने के लिये ले जायेगा।"

"ठीक है।" कहकर मैं अपने कमरे में चला गया।

<h1 style="text-align:center">अध्याय- 2</h1>

मैंने अपने बाबू जी के पूछने पर कह तो दिया था कि मैं फौज में जाऊँगा। लेकिन फौज में जाना कोई हलुवा खाने का काम नहीं है उसके लिये दिन रात मेहनत करनी पड़ती है। दौड़ना पड़ता है। खूब पसीना बहाना पड़ता तब जाकर सौ लड़को में से किसी एक को फौज की वर्दी नसीब होती है। लेकिन मुझे लगा था कि फौज में जाना सबसे आसान होगा। मैं गलत था।

अगले दिन मेरा पड़ोसी, मेरा दोस्त जो मुझसे उम्र में चार साल बड़ा था विनोद यादव ने आकर मुझसे कहा, "करन, दस जुलाई को आर्मी की भर्ती है लखनऊ में, चलोगे?"

मैं तो जैसे इसी दिन का इंतजार में था। मैं विनोद यादव से लपक कर कहा, "हाँ विनोद भाई, मैं जरूर आर्मी की भर्ती देखने चलूँगा।"

"तो चलो फिर कल से आ जाओ मैदान में, दिखा दो अपना जलवा। शुरू कर दो कल से पाँच किलोमीटर की दौड़। तभी फौजी बन पाओगे।" विनोद यादव ने मुस्कुराते हुए मुझसे कहा।

"पाँच किलोमीटर की दौड़?" इतना सुनकर मैं चौंक पड़ा।

फिर मैंने बुझे हुए मन से विनोद यादव से पूछा, "क्या पाँच किलोमीटर दौड़ना जरूरी है?"

"हाँ भाई, फौजी बनना है तो दौड़ना तो पड़ेगा ही। फौज की नौकरी के लिये बहुत मेहनत करनी पड़ती है, दौड़ना पड़ता है, पसीना बहाना पड़ता है समझे। तभी तो लोग फौजियों को इज्जत और सम्मान देते हैं।" विनोद यादव ने मेरे बुझते जज्बात को जगाते हुए कहा।

दौड़ाने की बात सुनकर वैसे तो मेरा हलक सूख गया था फिर भी मैंने विनोद यादव से कहा, "ठीक है कल से मैं दौड़ने आऊँगा। लेकिन ये तो बताओ भर्ती के लिये डॉक्यूमेंट क्या क्या लगेंगे।"

विनोद यादव कहा, "डॉक्यूमेंट में हाईस्कूल और इंटरमीडिएट की मार्कशीट, जाति, निवास, आय प्रमाण पत्र साथ ही एक चरित्र प्रमाण पत्र। बस इतने से डॉक्यूमेंट से काम चल जाएगा।"

मैंने विनोद यादव से कहा, "यार फिर मैं कल से ही आय, जाति, निवास प्रमाण पत्र बनवाने की तैयारी शुरू कर देता हूँ। जिससे समय पर सब डॉक्यूमेंट मिल जाएँजाये। और मैं तुम्हारे साथ भर्ती देखने चल सकूँ।"

विनोद यादव ने फिर से मुझे याद दिलाते हुए कहा, "कल सुबह चार बजे दौड़ने के लिये आ जाना।"

"ठीक है मैं आ जाऊँगा।" मैंने जवाब दिया।

अगले ही दिन सुबह चार बजे से मेरी फौज की तैयारी शुरू हो गयी। मैं तो हर दिन सुबह सात बजे सोकर उठता था। लेकिन आज मैं सुबह के चार बजे उठकर दौड़ने लिये तैयार हो गया। जैसे ही मैं अपने घर से निकला। पड़ोसी पंडित जी के कुत्ते मंगल को मेरा इतनी सुबह घर से निकलना अच्छा नहीं लगा। वह मुझको देखकर भौंकने लग गया। जैसे ही मैंने पत्थर उठाकर मंगल को भगाना चाहा। वह गुर्राते हुए मेरे पीछे ही पड़ गया। मैं डर कर भागने लगा। मंगल मुझको डर कर भागते देख कर मेरे पीछे-पीछे लग गया। मंगल ने मुझको दौड़ाते हुए उस जगह तक ले आया। जहाँ पर विनोद यादव मेरा इंतजार कर रहा था। मैं आगे-आगे और मंगल मेरे पीछे-पीछे। मंगल के डर से भागते हुए मेरी साँस फूलने लग गयी थी। मेरे हाथ-पैर काँप रहे थे फिर भी मैं भागे जा रहा था। अगर विनोद यादव मुझे अपने बुलाये जगह पर न मिलता तो शायद मंगल मुझको चोर समझ कर काट ही लेता। मैं मंगल के डर से अपने गाँव की सरहद को पार करने वाला था। जहाँ से मेन रोड पर मैं और विनोद यादव दौड़ने वाले थे।

जब मैं उस जगह पर पहुँचा, जहाँ विनोद यादव मेरा इंतजार कर रहा था। जहाँ से हम दोनों को दौड़ शुरू करना था। कुत्ते को भौंकता और मेरे पीछे लगा देखकर विनोद यादव ने एक पत्थर उठा लिया। जैसे ही मैं विनोद के पास से गुजरा और मंगल उसके पास पहुँचा उसने मंगल को पत्थर मार कर जोर से

चिल्लाया, "दुर दुर दुर।"

मंगल विनोद की आवाज से डरकर वापस भाग गया। और मेरी जान में जान आयी। मैं पहली बार इतना तेज और इतनी दूर दौड़ा था कि मेरे फेफड़े गर्म हो गये थे, मेरी साँसे मेरे सीने में समा ही नहीं रही थी। मुझको ऐसे लग रहा था की मेरे फेफड़े सीज हो गये हैं। मैं झुककर अपनी साँसों को अपने सीने के अंदर समाने की कोशिश करने लग गया। जिससे मेरे जलते फेफड़ों को राहत मिल सके।

तभी विनोद यादव ने हँसते हुए कहा, "क्या बात है करन, पहले दिन ही कुत्ते से रेस लगा लिया, और तो और उसे आगे निकलने भी नहीं दिया?"

मेरी साँसे अभी भी मेरे सीने को फाड़ रही थी।मुझे मंगल पर गुस्सा आ रहा था और मैं मन ही मन उसे गरिया रहा था। फिर मैं विनोद यादव की बात सुनकर गुस्से से बोला, "घंटा का मैं इस भोसड़ी वाले कुत्ते से रेस लगाया हूँ। अच्छा खासा मैं दौड़ने के लिये आ रहा था। मगर वही साला मुझसे रेस लगा लिया। डर के मारे मेरी गां... फ़टी पड़ी थी। अगर मैं रुक जाता तो साला काट लेता, इसलिए मैं उससे आगे-आगे भागता रहा। लेकिन वो भी साला पीछे ही पड़ गया। यहाँ तक दौड़ा लाया। सुबह होने दो फिर निपटता हूँ इस मंगल मादरचोद से।"

मेरी बात सुनकर विनोद यादव फिर से हँसने लग गया और बोला, "कोई बात नहीं, लेकिन तुम में दम तो है। जिसे मंगल नहीं पकड़ पाया। उसे और कोई कैसे पकड़ पायेगा। तुम मेहनत करो, तुम्हें फौजी बनने से कोई नहीं रोक सकता है। ये आशीर्वाद है हमारा।"

"आशीर्वाद जाए भाड़ में, तुम एकदम बौलंठ हो का, यहाँ हमारी जान पर बन आयी थी और तुम कह रहे हो कि हमें मंगल पकड़ ही नहीं पाया।" मैं गुस्सा होकर विनोद से बोला।

"सच कह रहा हूँ भाई, तुम दौड़ में अगर दम लगा दियेदिये तो कोई माई के लाल में दम नहीं है, जो तुम्हें काट कर आगे निकल जाये, तुम हमारे गाँव के मिल्खा सिंह हो।" विनोद यादव फिर से मेरी बड़ाई करते हुए कहा।

अपनी बड़ाई सुनकर मैं मन ही मन खुश भी हो रहा था कि चलो विनोद को तो लगता है कि मुझे कोई दौड़ में काट नहीं पायेगा। फिर भी मैं अनजान बनते हुए विनोद से पूछा, "अच्छा बताओ, कैसे कोई मुझे काटकर नहीं निकल सकता है।"

"अरे यार, जब मंगल नहीं काट पाया तो औरों में तो दम ही नहीं है। सिर्फ तुम्हें प्रैक्टिस की जरूरत है, और प्रैक्टिस हम करा देंगे। सिर्फ तुम मेरे साथ दौड़ते रहो बस। चलो अब हम पाँच किलोमीटर दौड़ कर आते हैं।" विनोद यादव मुझको जोश दिलाते हुए बोला।

"भाई अब हमसे आज दौडा नहीं जाएगा। इस कुत्ते ने ऐसा दौड़ाया है कि आज अब और दौड़ना मुश्किल है। हम यहीं रुके हुए हैं तुम दौड़ कर आओ।" मैं अपनी धौंकनी को शांत करते हुए बोला। जो अभी भी नॉर्मल नहीं हुई थी।

विनोद यादव ने फिर से दोहराते हुए कहा, "आज पहला दिन था और तुमने जी जान से दौड़ लगाई है। इसी तरह दौड़ोगे तो तुम्हें आर्मी में जाने से कोई नहीं रोक सकता है। तुम यहीं रुको मैं दौड़ कर आता हूँ।"

मैं उसी जगह पर रुक कर अपनी साँसों को नार्मल करने की कोशिश करता रहा। विनोद यादव पाँच किलोमीटर दौड़ने के लिये निकल गया। मैंने मन ही मन कहा, "बड़ा बौलंठ आदमी है भाई, कुत्ता किसी के पीछे पड़ जायेगा तो वह जान लगाकर ही दौड़ेगा। अपने पिछुवाड़े में कटवायेगा तो नहीं। यहाँ मेरी गां... फ़टी पड़ी है। और ये भाई साहब ज्ञान पे ज्ञान पेल रहे थे।

कुछ ही देर में विनोद पाँच किलोमीटर दौड़ कर आ गया। फिर वह पास के ही पेड़ में चमगादड़ की तरह लटक गया। मैंने पूछा, "भाई अब क्या कर रहा है?"

"चिनअप(बीम) कर रहा हूँ।" उसने जवाब दिया।

मै विनोद को देखता ही रह गया। उसने मुझको भी चिनअप करने का इशारा किया, लेकिन मेरी हिम्मत नहीं हुई। विनोद चिनअप करने के बाद मेरे पास आया और मुझसे कहा, "कल समय पर आ जाना।"

"ठीक है।" मैंने बेरुखी से कह दिया।

* * *

सुबह हो गयी थी मैं सबसे पहले अपने दुश्मन मंगल से निपट लेना चाहता था। इसलिए मैंने घर पहुँचते ही लाठी उठाया और मंगल की खोज में निकल गया। मेरी किस्मत अच्छी थी कि मुझे मंगल पंडित जी के घर के सामने ही मिल गया। मैं जैसे ही मंगल के पास पहुँचा, "मंगल गुर्राया।"

मेरी हिम्मत एक पल के लिये फिर से नौ दो ग्यारह हो गयी। एक पल के लिये मैं रुका, सावधान होते हुए लट्ठ को दोनों हाथ से उठा लिया। मैंने जैसे ही लट्ठ घुमाकर मंगल के ऊपर चलाया। वह वह कूं कूं करते हुए भाग खड़ा हुआ। मेरी लाठी का प्रहार भी उस पर नहीं पड़ा था। फिर भी वह कूं कूं करता हुआ ऐसे भागा था, जैसे लाठी उसके पीठ पर पड़ी हो। यह देखकर मुझे बहुत खुशी हुई कि मेरा दुश्मन मुझे पीठ दिखा कर भाग गया है। मैंने अपना सीना चौड़ा करते हुए कुछ दूर तक उसका पीछा किया फिर वापस आ गया।

अगली सुबह मैं लाठी लेकर ही घर से निकला था। क्योंकि मुझे मंगल पर भरोसा नहीं था। वह मुझसे कल का बदला लेने आ सकता था। मैं जैसे ही पंडित जी के घर के पास से गुजरा, मंगल भौंकना शुरू कर दिया लेकिन आज मेरे के हाथ में लाठी थी। इसलिए मंगल दूर से ही भौंकता रहा, मेरे पीछे नहीं आया। मैं गाँव से बाहर मेन रोड पर सुबह चार बजकर दस मिनट में पहुँचा। विनोद यादव पहले से ही मेरा इंतजार कर रहा था। जैसे ही मैं उसके पास पहुँचा वह गुस्साते हुए मुझसे पूछा, "काहो मर्दे इतना लेट काहे कर दिया। फौज में भरती होना है कि नहीं?"

"हाँ होना है।" मैंने जवाब दिया।

"तो फिर लेट नहीं चलेगा। समय पर आना होगा। समय पर सब काम का करना पड़ता है फौज में।" विनोद यादव ने लगभग मुझको डाँटते हुए कहा।

"अरे भाई, कौन-सा मैं अभी भरती हो गया हूँ, जो अभी से सब काम समय पर करना पड़ेगा।" मैंने भी खीझते हुए जवाब दिया। क्योंकि मैं आज भी

मंगल से क्रुध होकर आया था।

"भर्ती नहीं हुए, तो हो जाओगे। जब फौज की भरती देखने का मन बना लिया है, तो उसके नियम-कानून भी जान ही लो। तभी फौज में आराम से रह पाओगे। वरना हर जगह लेट पहुँचने पर भी फौज में पनिशमेंट मिलता है। पिछुवाड़े में कभी-कभी फौजी लोग लट्टू भी बजा देते हैं। और तो और बूट वाला लात भी मार देते हैं।" विनोद यादव मुझको फौज के तौर-तरीकों के बारे में बताते हुए कहा।

"सच में लट्टू बजा देते हैं का? मैंने अपने गुस्से को शांत करते हुए पूछा।

"हाँ भाई सच में।" विनोद यादव मेरी मनोदशा को समझते हुए मुस्कुरा कर बोला।

"अच्छा बताओ, कौन से नियम-कानून है फौज के, जिन्हें मुझे पालन करना पड़ेगा?" मैं विनोद यादव के सामने नतमस्तक होकर पूछा।

"पहला नियम तो अनुशासन है फौज का। अपने सीनियर की हर एक बात को मानना पड़ता है। उनकी रिस्पेक्ट करनी पड़ती है। और हम है तुम्हारे सीनियर, तो तुम्हें भी हमारी हर एक बात को माननी पड़ेगी।" विनोद यादव ने कहा।

"किस बात के सीनियर?" मैंने विनोद यादव से पूछा।

"बड़े बुड़बक हो यार। इतना भी नहीं समझ रहे हो, मैंने तुमसे ज्यादा भर्ती देखा है तो सीनियर हुआ कि नहीं।" विनोद यादव ने मुझसे सवाल किया।

"हाँ इस हिसाब से तो तुम मेरे सीनियर ही हुए।"

मैंने कहा।

"तुम नहीं, आज से आप कहना मुझे। ये है पहला नियम कि अपने सीनियर की रिस्पेक्ट करना सीखो।" विनोद यादव ने दुबारा कहा।

"दूसरा नियम क्या है?" मैंने विनोद यादव से फिर पूछा।

"दूसरा नियम ये है कि जहाँ पर तुमको बुलाया जाये, समय पर पहुँच

जाओ ।" विनोद यादव ने दूसरा नियम बताते हुए कहा ।

"ओके ठीक है। अब तीसरा नियम भी बता ही दो ?" मैंने फिर से पूछा ।

"अब हमें तीसरा नियम नहीं पता है, जितना पता था, बता दिये ।" विनोद यादव अब मेरे सवाल से परेशान होकर बोला । और फिर वह बोलता गया कि कल से समय आ जाना दौड़ने के लिये। मैं तुम्हारा इंतजार नहीं करूँगा।आज लेट कर दिये हो तुम। इतनी देर में तो मैं पाँच किलोमीटर दौड़ कर भी आ जाता ।

"ठीक है, मैं कल से और पहले आ जाऊँगा ।" मैंने विनोद को गुस्सा होते देखकर कहा ।

"पहले नहीं, समय पर आ जाना। न पहले, न बाद में समय की अहमियत को समझो ।" विनोद यादव एक फौजी की तरह कड़क आवाज में मुझसे बोला ।

"ठीक है भाई, मैं समय पर आ जाऊँगा। अब भेजा मत खाओ ।" मैंने भी गुस्से में बोल दिया। क्योंकि मुझे भी अब विनोद यादव के लेक्चर से गुस्सा आने लगा था ।

"चलो अब दौड़ शुरू करते हैं। बीस दिन का समय है तुम्हारे पास। बीस दिन तैयारी कर लो। फिर लखनऊ चलना और दिखा देना अपना दम-खम और बन जाना फौजी ।" विनोद यादव ऐसे कह रहा था, जैसे वह मुझे अभी फौजी बना देगा। मैं विनोद यादव की पकाऊ बातों से मन ही मन लाल-पीला हुए जा रहा था। फिर भी मैं विनोद यादव की बात सुनता रहा। वह मुझे फौज के इंसटेक्टर(उस्ताद) की तरह ही ज्ञान दे रहा था। वह मुझे उसी लहजे में समझा रहा था, जैसे एक फौजी इन्सटेक्टर अपने स्टूडेंट्स को समझता है। मुझको ऐसा लग रहा था कि विनोद यादव कह रहा हो। सावधान हो जाओ-सावधान ! विश्राम हो जाओ-विश्राम। सामने से तेज चलेगा-तेज चल। बायें मुड़ेगा-बायें मुड़। दाहिने मुड़ेगा-दाहिने मुड़। पीछे मुड़ेगा-पीछे मुड़।

मैं विनोद यादव की बकबक से ऊब गया और उससे बचने के लिये विनोद यादव से पूछ लिया, "आपने तो बहुत सी भर्ती देखी है,आप अपना दमखम क्यों नहीं लगा दिये।अगर अपना दमखम लगा देते तो बन जाते फौजी ।"

विनोद यादव अब मेरी बात से शर्मिंदा हो गया। क्योंकि उसने जितनी मेहनत की थी। उसका दौड़ में पास होना लाजमी था। मगर किस्मत भी कोई चीज है। वही उसका साथ नहीं दे रही थी। वह हर बार दौड़ में दो से तीन मीटर की दूरी से ही फेल हो जाता था। विनोद का चेहरा मेरी बातों से उतर गया। वह उदास होकर बोला, "चलो दौड़ने चलते हैं।"

"ठीक है चलो।" मैंने विनोद की बात में सहमती जताते हुए कहा।

मैं और विनोद यादव ने सड़क के किनारे अपने-अपने चप्पल उतार दिये और दौड़ शुरू कर दी। विनोद यादव पहले से दौड़ता था। वह एक पल में नौ दो ग्यारह हो गया। मुझको उसकी धूल भी नहीं मिली। मैं तो तीन-चार सौ मीटर में ही रुक गया। मेरी साँसे फूलने लगी। मुझे ऐसा लगा कि जैसे मेरे फेफड़े फट जायेंगे। मेरी साँसे मेरे सीने में समा ही नहीं रही थी। मुझे ऐसे लग रहा था जैसे किसी ने मेरे सीने में धौंकनी फिट कर दी हो और मैं तड़पकर गिर जाऊँगा। एक पल के लिये तो मैं फिर से सोच लिया कि फौज की नौकरी मेरे बस की नहीं है। भाड़ में जाये फौज की नौकरी। मैं कुछ दूसरा काम कर लूँगा। मेरे दूसरे काम से मेरी वर्षा खुश हो जायेगी। मैं मेहनत कर लूँगा, मजदूरी कर लूँगा। लेकिन दौड़ न कर पाऊँगा। दौड़ तो मेरे बस की नहीं है। फिर मुझे बॉर्डर फ़िल्म की याद आ गयी। 'धरती मेरी माँ है' डायलॉग याद आ गया। मुझे फौज की वर्दी याद आ गयी। वर्षा और अपने बाबू जी से किया वादा याद आ गया। मैं धीरे-धीरे अपना कदम आगे की तरफ बढ़ाता रहा। मेरी वर्षा को फौजी पसंद है। शायद वह मेरे दूसरे काम से शायद खुश न हो। मुझे मेहनत करनी पड़ेगी। मुझे दौड़ना पड़ेगा। ये सोचते हुए मैं आगे बढ़ता गया।

विनोद यादव दो-तीन भर्ती देख चुका था। लेकिन अभी तक वह पास नहीं हो पाया था। भर्ती देखने की वजह से उसे फौज के बारे में एक दो बातें पता चल गयी थी। फौज में अनुशासन और समय पर पहुँचना बहुत जरूरी होता है। जो उसने मुझको बताया था। अब मैं उसके बताये नियम और कानून को याद करने लग गया। तब तक विनोद पाँच किलोमीटर की दौड़ पूरा कर वापस आ रहा था। वह जैसे ही मेरे पास से गुजरा मैं भी वापस लौट आया।

विनोद यादव पाँच किलोमीटर की दौड़ पूरा करके मेरा इंतजार कर रहा था। जैसे ही मैं उसके पास पहुँचा वह मुझे डाँटते हुए बोला, "ऐसे बनोगे तुम फौजी।"

मेरे सीने में अभी भी आग लगी थी। मैं अपने सीने की आग को सहन नहीं कर पा रहा था। मुझे विनोद की बात पे गुस्सा आ गया और मैं गुस्से में बोल दिया, "पहले तुम बन जाओ फौजी। फिर मुझे बनाना। तीन-चार भर्ती तो देख लिये हो। वहाँ कुछ उखाड़ नहीं पाये और मुझे ज्ञान पे ज्ञान पेले जा रहे हो।"

मेरी बात का विनोद यादव को बुरा लग गया, लेकिन उसने बुरा न मानते हुए मुझे समझाते हुए बोला, "करन भाई, मैं तो कोशिश कर रहा हूँ, और हिम्मत भी नहीं हार रहा हूँ। एक न एक दिन किस्मत जरूर साथ देगी। तब बन जाऊँगा फ़ौजी। लेकिन तुम तो हिम्मत भी हार रहे हो और मेहनत भी नहीं कर रहे हो। जब हम इतना दौड़ कर कुछ नहीं उखाड़ पाये, तो तुग भी घंटा कुछ नहीं उखाड़ पाओगे। तुम हमारे भाई जैसे हो, इसलिए समझा रहा हूँ, कि शायद तुम्हारी ही किस्मत में फौजी बनना लिखा हो। तुम ही बन जाओ। इसलिए मेहनत कर लो। वरना भाड़ में जाओ हमारा क्या? हम तो मेहनत और कोशिश दोनों कर रहे हैं। अगर किस्मत में होगा तो जरूर बनेंगे फौजी, वरना किया भी क्या जा सकता है?"

मैंने विनोद से जो कहा था। मुझे उसका एहसास हो गया। मैं उससे माफी माँगते हुए बोला, "भाई माफ कर दो। मैंने आपको गलत बोल दिया। अब मैं भी मेहनत करूँगा। रही किस्मत की बात, अगर फौजी बनना लिखा है तो हम दोनों जरूर बन जायेंगे।" दो मिनट पहले माहौल जो गर्म हुआ था। खुशनुमा हो गया।

बीस दिन तक मैं और विनोद यादव दोनों सुबह शाम दौड़ते रहे। मैं बीस दिन में लगभग तीन किलोमीटर की दौड़ कैसे न कैसे पूरी करने लग गया। मुझे तीन किलोमीटर दौड़ना भी भारी पड़ रहा था। लेकिन अब मुझे इतना तो सकून था कि मैं कम से कम तीन किलोमीटर तो दौड़ने लग गया हूँ। मेरे सीने में अब जलन भी कम होने लगी थी और मेरी साँसे भी समाने लग गयी थी।

मैंने इन्हीं बीस दिनों में ही अपने सभी डॉक्यूमेंट भी बनवा लिये थे। मैं अपने सारे डॉक्यूमेंट विनोद यादव से चेक भी करवा लिया था। मेरे सभी डॉक्यूमेंट पूरे भी थे। अब मैं भर्ती देखने के लिये तैयार था।

अध्याय- 3

आज बीसवाँ दिन है। कल लखनऊ में भर्ती है। मुझे और विनोद यादव को भर्ती देखने के लिये लखनऊ जाना है। इसलिए हम दोनों बहुत खुश हैं। हम दोनों के मन में बहुत से लड्डू फुट रहे थे कि शायद हम दोनों दौड़ में पास हो जाये और फौजी बन जाये।

मैं और विनोद यादव भर्ती से एक दिन पहले यानी आज ही लखनऊ के लिये निकल गये। मैं पहली बार गाँव से बाहर किसी बड़े शहर गया था। लखनऊ शहर में जैसे ही बस प्रवेश हुई मैं बहुत खुश हुआ। मुझे लखनऊ शहर बड़ा सुंदर और अजीब लग रहा था। चारों तरफ लोगों की भीड़ थी। जिधर भी मेरी नज़र जाती लम्बी सड़के,सड़को में दौड़ती गाड़ियों को देखकर मैं अचंभित हो रहा था। साथ ही बड़ी-बड़ी बिल्डिंगो को देखकर मैं खुश हो रहा था। कुछ ही देर में हम दोनों आलमबाग बस स्टैंड पर पहुँच गये। वहाँ से रिक्से में बैठकर चारबाग रेलवे स्टेशन आ गये। रेलवे स्टेशन पर ही विनोद यादव ने रात में रुकने का प्रोग्राम भी बना लिया था। चारबाग रेलवे स्टेशन में रुकने के दो फायदे थे एक तो हमारा पैसा बचेगा और दूसरा कहीं भी चादर बिछा कर सो सकते थे। डर नाम की कोई चीज नहीं है। चारबाग रेलवे स्टेशन में आज बहुत भीड़ जमा हो गयी थी। आज यहाँ पर ज्यादातर हम दोनों की तरह भर्ती देखने वाले लड़के ही इक्कट्ठा थे। सभी लड़के अपने हिसाब से भर्ती की तैयारी करके आये थे। वो लोग अपनी-अपनी तैयारी का व्याख्यान बढ़ा-चढ़ाकर एक-दूसरे से कर रहे थे। मैं और विनोद यादव उन लोगों की बात सुनकर मुस्कुरा रहे थे।

तभी एक लड़के ने दूसरे से पूछा, "भाई कितना किलोमीटर दौड़ते थे?"

दूसरे ने जवाब दिया, "हर दिन दस किलोमीटर दौड़ता था।"

तभी तीसरे ने कहा, "काहे पंडित झूठ बोल रहे हो। आज तक सुबह नौ बजे के पहले घर से निकले हो? फिर कब दस किलोमीटर दौड़ किये हो बे?"

पंडित का मुँह लटक गया। उसने बोला , "तो तुम ही कौन सा दौड़ते थे

सिर्फ बाप का पैसा लुटाने आये हो विशाल।"

अब विशाल सिंह का मुँह देखने लायक था। पंडित और विशाल सिंह एक ही गाँव के थे। वह दोनों एक साथ भर्ती देखने आये थे। उन दोनों ने एक-दूसरे की दौड़ का व्याख्यान कर दिया था। तभी पंडित ने उस पहले लड़के से पूछा, "कितनी भर्ती देखे हो भाई।"

पहले लड़के ने जवाब दिया, "पंडित जी ये हमार छठी भर्ती है।"

"फिर भी अभी तक दौड़ निकाल नहीं पाये हो का?" विशाल ने आश्चर्यचकित होकर पूछा।

"हर बार दो से तीन मीटर ही बचता है, उसी समय डोरी खींच ली जाती है और हम अटक जाते हैं। लेकिन अबकी पूरी तैयारी से आये हैं। अबकी ग्राउंड फाड़कर निकल जायेंगे।" पहले लड़के ने जोश भरकर कहा।

तभी पंडित बोल पड़ा, "देखना ग्राउंड फाड़ने के चक्कर मे अपना कच्छा न फड़वा लेना।"

पंडित की बात सुनकर उनके पास खड़े सभी लड़के हँसने लग गये। तब पहला लड़का फिर से बोला, "पंडित हमारा कच्छा तो नहीं फटेगा, मगर तुम्हारी गां... जरूर फटेगी ग्राउंड में।"

अब पंडित जी क्या बोलते सन्न रह गये। अब तक मैं और विनोद यादव उन लोगों की बातें सुन रहे थे। तभी विनोद यादव बीच मे बोल पड़ा, "भाई कहीं आप भी तो पंडित जी की तरह दस किलोमीटर तो नहीं दौड़ते थे।"

इतना सुनना था कि पास खड़े लड़के जो पंडित और उसके साथियों की बकवास सुन रहे फिर से हँसने लग गये। माहौल थोड़ा गरमा गया। क्योंकि उस लड़के ने विनोद यादव से पूछा, "आपकी कौन-सी भर्ती है?"

विनोद यादव ने भी कहा, "हमार चौथी भर्ती है।"

"तो तुम काहे नहीं दौड़ निकाल पाये।"

"हम भी हर बार तीन-चार मीटर दूरी के शिकार हो जाते हैं भाई।" विनोद

यादव ने कहा ।

विनोद यादव की बात सुनकर फिर से सब लोग हँसने लग गये । तभी पंडित जी ने कहा, "यह तीन-चार मीटर की दूरी ही तो हमें फौजी नहीं बनने देती है । वरना हम भी किसी बार्डर पर तैनात होते ।"

तभी विशाल सिंह बोल पड़ा, "पंडित भर्ती कितनी देखे हो ?"

पंडित जी शांत हो गये उन्होंने कुछ नहीं बोला । तब विशाल पंडित जी की टाँग खिंचते हुए बोला, "हमारे कहने से ये पहली बार भर्ती देखने आये हैं । और कह रहे हैं कि तीन-चार मीटर की दूरी ही मार रही है इनको, वरना किसी बार्डर पर तोप लेकर टहल रहे होते । और तो और पाकिस्तान में दो-चार गोले भी दाग दिये होते ।"

पंडित जी की गर्दन लटक गयी । जैसे किसी बॉयलर मुर्गी की गर्दन लटक जाती है । जिसे देखो वही पंडित जी की टाँग खींचने में लगा हुआ था । उनका गाँव वाला ही उनकी भरपूर बेइज्जती कर रहा था । तब पंडित जी निराश होकर बोले, "छोड़ो यार, जो होगा वह तो बुचडी ग्राउंड में पता चल ही जायेगा, कि कौन कितने पानी में है । आज मौज करने का दिन है मौज कर लो, शायद कल फौज में हो जाए और मौज न मिले !"

माहौल फिर खुशनुमा बन गया । सब लोग अपना-अपना एक्सपीरियंस बताते रहे । कोई सच बोल रहा था तो कोई झूठी डींगें हांक रहा था । यह सुनकर मुझको शान्ति मिल रही थी कि चलो बहुत से लड़के मेरे जैसे हैं, जो सिर्फ भर्ती देखने आये हैं । पास होने या नहीं होने से उन्हें कोई सरोकार नहीं है । समय मिला है । बाप ने पैसा दिया है । मजे कर लो ।

हम सभी लोग इस बतकही से ही सही लेकिन कुछ देर के लिये दोस्त बन गये । तभी पंडित जी ने कहा, "भूख लगी है भाई लोगों । चलो खाना खाने चलते हैं ।"

पंडित जी की बात सुनकर सबको भूख लग गयी । हम सब लोग एक साथ एक रेस्टोरेंट में खाना खाने पहुँच गये । खाना खाने के बाद रात लखनऊ जंक्शन में बिताने आ गये ।

रात के दो बजे उठकर सब लोग जल्दी से तैयार होकर ढाई बजे तक बुचडी ग्राउंड के बाहर पहुँच गये। जहाँ भर्ती देखने वाले लड़को की भीड़ पहले से ही जमा हो गयी थी। इतनी भीड़ मैंने कभी भी नहीं देखा था। मैंने तो अपनी हाईस्कूल और इंटरमीडिएट के एक्जाम में भी इतनी भीड़ नहीं देखा था। भीड़ में घुसने की मेरी हिम्मत ही नहीं हो रही थी। विनोद यादव मेरे चेहरे के भाव को पढ़ रहा था। उसने मुझसे कहा, "मर्दें फौजी बनने आये हो, डरने से काम नहीं चलेगा। चलो घुसते हैं भीड़ में। वरना शाम तक भी दौड़ में हमारा नम्बर नहीं आयेगा।"

जैसे हनुमान जी को जामवंत कह रहे हो 'का चुप साधि रहा बलवाना' और हनुमान जी यह सुनते ही समुद्र लाँघ गये थे। वैसे ही जब विनोद यादव ने मुझसे कहा, "मर्दें फौजी बनने आये हो डरने से काम नहीं चलेगा।" मैं भीड़ को चीरता हुआ सबसे आगे पहुँच गया। विनोद यादव भी मेरे पीछे मेरे साथ-साथ था। मैं और विनोद यादव भीड़ में सबसे आगे खड़े हो गये। लगभग दो घंटे तक हम दोनों भीड़ में खड़े रहे। तब भर्ती की प्रक्रिया शुरू हो गयी। अभी सुबह के चार बज रहे थे। जैसे ही भर्ती प्रक्रिया शुरू हुई कुछ ही देर में मैं और विनोद यादव ने अपनी हाइट नपवाई और फिर बुचडी ग्राउंड के अंदर घुस गये थे।

हाइट नपवाने के बाद सबसे पहले हमारे डॉक्यूमेंट चेक किये गये। जब हम दोनों ने अपने डॉक्यूमेंट चेक करा दिये तो हमें आगे भेज दिया गया। जहाँ हमारी दौड़ होनी थी।

किस्मत हम दोनों की अच्छी थी कि हम दोनों एक साथ दौड़ने के लिये एक लाइन में खड़े थे। हमारे साथ सौ लड़के और लाइन में खड़े थे। कोई अपने पैर को दबा रहा था तो कोई कमर हिला रहा था, तो कोई पैर के पंजों के बल खड़ा होकर दोनों हाथों को ऊपर करके अपने शरीर को रिलैक्स करने की कोशिश कर रहा था। सब लोग ऐसे दिखा रहे थे कि सब के सब पास हो जायेंगे। मैं उन सब लोगों को देख रहा था। कुछ ही देर में गो हो गया। सब लोग एक ही पल में नौ दो ग्यारह हो गये। पहले ही चक्कर में मैं सबसे पीछे हो गया और दम तोड़कर रुक गया। मेरे जैसे और पचास लड़के भी रुक गये थे। जिनमें पंडित और विशाल सिंह भी शामिल थे।

तभी एक गोरखा सिपाही लट्टु लेकर आ गया। वो हमको हड़काते हुए बोला, "भोतली वालो अगर दौड़ नहीं सकते हो तो बाल बनाने आये हो। जब गां…. में नहीं है गुदा तो क्यों लंका में कूदा। भागो सालों समान उठाकर यहाँ से, अब ग्राउंड के बाहर ही रुकना। वलना हमारा लट्टु तुम्हारे पिछुवाड़े में पलेगा और तुम्हली गां….. फट जाएगी।

हम जितने लोग पहले चक्कर मे रुके थे, लट्टु के डर से एक ही पल में अपना समान लेकर ग्राउंड छोड़कर भाग आये। मैं भी भागकर ग्राउंड के बाहर आ गया और वहाँ से विनोद यादव को देखने लगा। वह अभी भी दौड़ रहा है। उसने चारों चक्कर लगा लिये, मैं खुश था कि विनोद आज पास हो जायेगा। मगर जैसे ही वह फिनिश लाइन से तीन कदम दूरी पर था। डोरी खींच दी गयी। वह बेचारा फिनिश लाइन पहुँचने से पहले ही रह गया था।

मुझको अपने फेल होने का दुख नहीं हुआ। उससे ज्यादा मुझे विनोद यादव के फेल होने पर दुख हुआ। मैंने तो ग्राउण्ड के पहले चक्कर में हथियार डाल दिया था, लेकिन विनोद ने आखरी दम तक लड़ाई लड़ी थी। उसने भरपूर कोशिश की थी। अगर एक सेकेंड उसे और मिल जाता तो वह पास हो जाता। लेकिन कहते हैं न कि अगर किस्मत लिखी हो गधे के ल… से तो किया ही क्या जा सकता है। वही विनोद यादव के साथ हर बार हो रहा था। कुछ ही देर में वो भी अपना बोरिया-बिस्तर उठाकर मेरे पास आ गया। मैं उसकी दौड़ की दाद देते हुए कहा, "विनोद भाई क्या दौड़ किये हो, सिर्फ एक सेकेंड का समय और मिल गया होता तो तुम पास हो गये होते।"

विनोद यादव दुखी होकर बोला, "यार करन भाई हर बार यही एक सेकेंड का ही तो मैटर फँस जाता है। वरना आज हम यहाँ पर ड्यूटी में तैनात होकर भर्ती करा रहे होते।" और उसकी आवाज भर्री गयी। उसके आँखों मे आँसू आ गये।

मैंने विनोद के आँखों मे आँसू देखकर बोला, "भाई दुखी न हो अबकी नहीं हुआ तो कोई बात नहीं। अगली बार तुम जरूर पास हो जाओगे। और हाँ अगली बार हम तुम्हारा साथ देंगे।"

"अरे यार हम दुःखी नहीं हो रहे हैं। लगता है यह फौजी ड्रेस हमारे नशीब

हुड़दंग

में है ही नहीं । क्योंकि अब मैं ओवर ऐज हो जाऊँगा ।" विनोद यादव आँसू पोंछते हुए बोला ।

"ऐसे कैसे ओवर ऐज हो जाओगे ।" मैं अचंभित होकर बोला । फिर मैंने सोचा उम्र कौन रोक पाया है इसलिए अपनी भावनाओं को कंट्रोल करते हुए कहा, "अब आपके सपने का क्या होगा ?

"करन भाई सपना तो हर कोई देखता है । लेकिन पूरा किसी-किसी का होता है । हम कुछ दूसरा काम कर लेंगे । लेकिन अब तुम्हें अपने सपने के बारे में सोचना है । तुम्हें फौजी बनना है । भरपूर तैयारी करते रहना, और अगली भर्ती में फाड़कर निकल जाना ग्राउंड को । जो सपना मैं पूरा नहीं कर पाया अब उसे तुम पूरा करना ।" विनोद यादव आँसू पोंछते हुए बोला ।

अब मैं क्या कहता । मैं एक पल के लिये सॉक्स रह गया था कि जो बन्दा फौज में जाने के लिये दिन-रात मेहनत किया हो, सपने देखे हो । वह ओवर ऐज हो गया । वह अब कभी भर्ती नहीं देख पायेगा । वो विनोद यादव जिसने दिन रात एक ही सपना देखा था फौजी बनने का । जो गाँव की गलियों में सर्दी, गर्मी और बरसात की फिकर किये बगैर नंगे पैर दौड़ लगता रहता था । जिसके पैरों में काँटे भी चुभे थे, छाले भी पड़े । मगर वह उन काँटों के दर्द से कभी उफ्फ तक नहीं किया । सिर्फ़ दौड़ता रहता था । आज वही विनोद यादव रो पड़ा था । क्योंकि आज वह फिर से फेल हो गया था । और सबसे बड़ी बात की वो ओवर ऐज हो गया है और अब कभी फौजी नहीं बन पायेगा ।

कुछ देर तक हम दोनों वहीं पर खड़े रहकर उस ग्राउंड को देखते रहे । उन लड़कों को भी देखते रहे जो पास हो गये थे । कुछ देर बाद मैं और विनोद दोनों एक-दूसरे के कंधे में हाथ रख कर पैदल ही चारबाग स्टेशन की तरफ़ चल दिये । चारबाग स्टेशन के बाहर हम दोनों ने खाना खाया । फिर ट्रेन में बैठकर वापस अपने गाँव आ गये ।

मैं आर्मी की पहली भर्ती देखने के बाद लगभग पंद्रह दिन तक दौड़ने जाता रहा । फिर धीरे-धीरे सब कुछ भुला कर अपने दूसरे कामों में लग गया । मैं भूल ही गया कि मुझे फिर से आर्मी की भर्ती देखना है । मुझे अपनी तैयारी जारी

रखनी है। सिर्फ मैं अपनी वर्षा के सपनों में खोया रहता । हर रोज नयी फिल्म देखता और अपने बाबू जी की डाँट सुनता था।

अध्याय- 4

मैं आर्मी की पहली भर्ती में कुछ कर नहीं पाया। अगली भर्ती कब होगी मुझे ये भी नहीं पता था। अब फिर से मेरे बाबू जी ने मुझसे सवाल किया, "बरखुरदार अब क्या करने का इरादा है। फौज की दौड़ में तो तुम कुछ कर नहीं पाये?"

अब मैं क्या करता मैंने कहा, "बीए कर लेता हूँ।"

"बीए ही तुम्हारे बस की है।" मेरे बाबू जी ने मुझे ताना मारते हुए कहा।

मैं उनकी बात को सुनकर मौन रह गया। जब मेरा मौन नहीं टूटा तो मेरे बाबू जी ने कहा, "ठीक है बीए भी कर लो।"

मैंने अपने गाँव के नजदीक उसी डिग्री कॉलेज में अपना नाम लिखवाया जिस डिग्री कॉलेज में वर्षा जाती थी। मेरा इस कॉलेज में नाम लिखवाने का सबसे बड़ा उद्देश्य यही था कि मैं वर्षा से मिल सकता था। गाँव में तो मुझ पर गोवर्धन चचा की नज़र थी। वो अपनी जासूस नजरों से ही मुझे देखता रहता था। इसलिए मैंने अब वर्षा के घर के चक्कर भी कम कर दिये थे। सिर्फ कॉलेज में वर्षा से मिलता था। उससे प्यार भरी बातें होती थी। उन्हीं बातों से मैं खुश हो जाया करता था। एक दिन वर्षा ने मुझसे अचानक पूछ लिया, "करन तुम आजकल दौड़ने नहीं जाते हो क्या?"

मैंने जवाब दिया, "नहीं।"

"क्यों?

"जब भर्ती होगी तब दौड़ने जाऊँगा।" मैंने कहा।

"अच्छा फिर वैसे ही दौड़ में फेल होकर आ जाओगे। जैसे पहली दफा फेल होकर आ गये हो। मैंने तुमसे एक ही चीज माँगा है कि तुग फौजी बन जाओ वो भी तुमसे नहीं हो रहा है।" वर्षा नाराज होकर बोली।

"यार वर्षा, अभी से कुत्तों की तरह दौड़ने से क्या होगा, भर्ती आने दो, फिर दौड़ शुरू कर दूँगा।" मैंने वर्षा को समझाते हुए कहा।

"तो तुम दस-पंद्रह दिन में दौड़ निकाल लोगे । अगर तुम कल से दौड़ने नहीं गये तो मैं तुमसे बात नहीं करूँगी ।" वर्षा मुझसे रूठते हुए बोली ।

मैं वर्षा को कभी दुखी नहीं कर सकता था । मैंने वर्षा का हाथ पकड़कर उसे प्रॉमिस करते हुए कहा, "ठीक है मैं कल से रोज दौड़ने जाऊँगा । लेकिन तुम नाराज न हो ।"

अब मैं अगले दिन से रोज दौड़ने जाने लगा । दो-चार दिन तो मुझे फिर से दिक्कत हुई । मेरी साँस फूल जाती थी । लेकिन जैसे-जैसे मैं प्रैक्टिस करता रहा मेरी दौड़ निखरती रही ।

*** * * ***

लगभग छह महीने बीत गये । मैं हर दिन दौड़ने जाता रहा । अब मुझे दौड़ने में मजा आने लगा था । मेरा मन कर रहा था अबकी अगर आर्मी की भर्ती निकली तो मैं दौड़ में जरूर पास हो जाऊँगा । फिर एक दिन मेरा पड़ोसी मनोज तिवारी मुझे मिल गया उसने मुझसे कहा, " करन भाई, आठ जनवरी को कानपुर में आर्मी की भर्ती है । चलोगे क्या?"

अब तो मैं इसी दिन का इंतजार कर रहा था । मैंने तपाक से कह दिया, "जरूर चलूँगा ।"

मनोज बहुत खुश हुआ । उसे एक साथी मिल गया था उसके साथ कानपुर जाने के लिये और साथ में भर्ती देखने के लिये । मुझे तो जैसे मनोज तिवारी ने यह खबर देकर मेरी एक मनोकामना ही पूरी कर दी थी । इसलिए मैंने खुश होकर मनोज तिवारी के हाथ को चूम लिया था ।

मनोज तिवारी ने जो खुशखबरी दी थी । उस खुशखबरी से मेरे दिलो-दिमाग में फिर से बॉर्डर फ़िल्म बिना सीडी प्लेयर के चलने लग गयी थी । बार-बार वही डायलॉग याद आ रहे थे । मैं बार-बार अपने दोनों हाथ को ऊपर उठा कर मन ही मन कह रहा था 'धरती मेरी माँ है' । मैं बार-बार पाकिस्तानी टैंकों को नेस्तो-नाबूद कर रहा था । मैं बार-बार संदेसे आते हैं गाना गुनगुनाने लगता था । बार-बार मुझे भैरों सिंह, धर्मवीर सिंह और मेजर कुलदीप सिंह की याद आ

रही थी। उन सबको याद करके मेरा सीना फूलकर चौड़ा हो रहा था। मैंने मनोज तिवारी से पूछा, "तिवारी जी, भर्ती की कुछ तैयारी किये हो?"

"तैयारी कहाँ किये हैं यार।" मनोज निराश होकर उत्तर दिया।

"तो फिर बेफजूल में भर्ती देखने जाओगे क्या?" मैंने कहा।

"कल ही तो हम पेपर में इस्तिहार देखे हैं कि आठ जनवरी को कानपुर में आर्मी की रैली भर्ती है। अब कल से दौड़ शुरू करेंगे।" मनोज तिवारी ने जवाब दिया।

"बेटा आज तारीख है 28 दिसंबर, दस दिन में आर्मी की तैयारी कर लोगे। अपने-आप को मिल्खा सिंह का पोता समझ रहे हो का।" मैं मनोज तिवारी को बेइज्जत करते हुए सवाल किया।

"दस दिन में मैं ग्राउंड का एक चक्कर भी नहीं लगा पाऊँगा। लेकिन फिर भी भर्ती तो देखने जाना ही पड़ेगा, नॉलेज के लिये। जिससे अगली भर्ती में फायदा हो सके।" मनोज तिवारी ने ऐसे कहा जैसे एक भर्ती देख लेने से उसका नॉलेज बढ़ जाएगा और वह दूसरी भर्ती में बिना दौड़े ही पास हो जायेगा।

फिर उसने मुझसे वही सवाल कर दिया, "करन भाई आपकी तैयारी तो जरूर होगी?"

"घंटा हमारी तैयारी है। हम तो तुमसे भी गये गुजरे हैं। हमारी भी तैयारी नहीं है लेकिन भर्ती तो हम भी देखने चलेंगे।" मैंने मनोज तिवारी के सवाल का जवाब दिया। मैंने तिवारी से ऐसा इसलिए कहा कि अगर दौड़ में पास नहीं हो पाया तब बेइज्जती न हो।

"जब तैयारी नहीं है तो लाठी खाने जाओगे क्या?" मनोज तिवारी ने मुझसे एक कड़वा सवाल किया।

"लाठी क्यों खाने जायेंगे भाई, हम तो भर्ती देखने जायेंगे।" मैंने कहा।

"अरे भाई, बड़े बुड़बक हो। जो फौज में दौड़ नहीं पाता उसे दो लाठी मारकर के ग्राउंड से बाहर निकाल देते हैं। और हम दोनों को भी लाठी मारकर

बाहर निकाल देंगे ।" मनोज तिवारी लाठी खाने के स्वाद को अपनी मुस्कुराहट में भरकर बोला ।

"तुम कितनी भर्ती देखे हो बे। जो हमें ज्ञान पेल रहे हो।" मैंने मनोज तिवारी की खिंचाई करते हुए पूछा ।

"एक भी नहीं।" मनोज तिवारी मुँह लटका कर एक सीधा-सा जवाब मुझको दिया ।

"तो फिर काहे महापंडित बन रहे हो। पंडित हो पंडित की तरह रहो, ज्यादा ज्ञान मत पेलो। हमने एक भर्ती देखी है।अब हमें सब फौज के तौर-तरीकों के बारे में पता चल गया है।" मैं अभी भी मनोज तिवारी को डपटते हुए बोला ।

"एक ही भर्ती में फौज के सभी तौर-तरीकों के बारे में तुम्हें पता चल गया?" मनोज तिवारी मेरी तरफ असमंजस भरी नजरों से देखते हुए बोला ।

"और नहीं तो क्या, दस भर्ती देखने के बाद पता चलेगा?" मैंने मनोज की उत्सुकता को भंग करते हुए जवाब दिया ।

"भर्ती में क्या-क्या करना पड़ता है, करन भाई?" मनोज अब लगभग मुझसे गिड़गिड़ाते हुए पूछा ।

"सबसे इम्पोर्टेन्ट तो यही है भाई, दौड़ना पड़ता है। बाद में फौज खुद ही सब कुछ करवा लेगी।" मैंने मनोज तिवारी के सवाल का जवाब बड़ी बेरुखी से दिया ।

"तो फिर कल से दौड़ शुरू कर देते हैं।" मनोज तिवारी ने कहा ।

"हाँ, सुबह चार बजे मैं गाँव के बाहर मेन रोड में मिलूँगा, दौड़ने आ जाना। देर मत करना।" मैंने मनोज से कहा ।

"सुबह चार बजे।" मनोज तिवारी चौंकचौंककर अपनी बड़ी सी जुबान बाहर निकलते हुए कहा। फिर कुछ सोचकर बोला, "ठीक है आ जाऊँगा।"

"लेट मत होना। सुबह चार बजे आ जाना।" मैंने मनोज तिवारी को फिर से याद दिलाते हुए कहा ।

“ठीक है मैं लेट नहीं होऊँगा।" मनोज अभी भी दौड़ने के नाम से परेशान होते हुए बोला।

अगले दस दिन तक मैं और मनोज भरपूर दौड़ किये। मैं तो दौड़ अच्छी करने ही लगा था मगर मनोज उन दस दिनों में बड़ी मुश्किल से दो किलोमीटर की दौड़ पूरी करने में लगा हुआ था। सात जनवरी को मैं और मनोज तिवारी कानपुर पहुँच गये। कानपुर में मेरे भइया रहते थे। हम दोनों लोग उन्हीं के घर मे रुके। मैंने भइया से बता दिया था, “कि भैया हमें रात में दो बजे पी.ए.सी ग्राउंड में छोड़ देना।"

भइया ने मुझसे पूछा, “रात में जाकर क्या करोगे। सुबह चले जाना।"

मैंने भैया को बताते हुए कहा, “रात से ही लड़के भीड़ लगा लेते हैं। अगर हम लोग सुबह गये तो लेट हो जायेंगे। फिर सुबह से शाम भी हो सकती है, तब भी हमारा नम्बर आये की नहीं, कुछ कहा नहीं जा सकता है। इसलिए दो बजे हमें पी.ए.सी ग्राउंड छोड़ देना। हम दोनों को दो बजे से ही लाइन लगानी पड़ेगी।"

भइया ने कहा, “ठीक है, मैं तुम दोनों लोगों को दो बजे रात में ही पी.ए.सी ग्राउंड में छोड़ दूँगा।"

अध्याय- 5

रात के दो बजे मैं और तिवारी तैयार हो गये थे। मेरे भइया ने हम दोनों को पीएसी ग्राउंड में छोड़ दिया। पीएसी ग्राउंड के बाहर कई हजार लड़कों की भीड़ लगी हुई थी। हो हल्ला और शोरगुल हो रहा था। मैं और मनोज तिवारी कुछ देर तक भीड़ को देखते रहे फिर धीरे-धीरे भीड़ में घुसने लग गये। भीड़ इतनी ज्यादा थी की अंदर तिल भर पैर रखने की जगह नहीं थी। फिर भी हम दोनों धीरे-धीरे कोशिश करके लगभग सबसे आगे पहुँच गये थे। अब हुआ ऐसा की पीछे से भीड़ आगे को धक्का देने लग गयी। जिससे आगे के लोग मेन गेट से टकरा जा रहे थे और शोरगुल कर रहे थे। तभी फौजी सिपाहियों ने अलाउंस करना शुरू कर दिया, "सब लोग बैठ जाओ। सबको भर्ती देखने का मौका मिलेगा। कोई भी लड़का भर्ती देखे बगैर नहीं जायेगा।"

आगे के सब लोग बैठ गये। मैं और मनोज तिवारी भी बैठ गये थे। तभी भीड़ में अचानक भगदड़ मच गयी। जमीन पर बैठे सभी लड़के खड़े हो गये। मनोज तिवारी भी खड़ा हो गया। मैं अभी भी बैठा रह गया। मेरे चारों तरफ के लोग खड़े हो गये थे। मैं बीच में फँस गया। क्योंकि अब आगे के लोग पीछे को धक्का दे रहे थे और पीछे के लोग आगे को धक्का दे रहे थे। बीच में मैं बैठा था इसलिए दब गया। भीड़ मेरे सिरसिर के ऊपर चढ़ी जा रही थी। इतने लोगों का दबाव मुझसे सहन नहीं हो रहा था। भीड़ के दबाव से मेरा दम घुटने लग गया, मेरे आँखों में आँसू आ गये। एक पल के लिये मुझे लगा कि मेरा राम-नाम सत्य होने वाला है। मैंने बहुत कोशिश की मगर भीड़ के दबाव के कारण मैं खड़ा नहीं हो पा रहा था।

तभी मैंने मन ही मन बजरंग बली का नाम लेकर अपना हाथ ऊपर उठाया और मेरे हाथ ने एक लड़के की कॉलर को पकड़ लिया। जैसे ही मुझको सहारा मिला मैं जोर लगाकर भीड़ को चीरते हुए खड़ा गया। जैसे साउथ फिल्मों में हीरो को विलेन लोग दबा लेते हैं और हीरो उन सभी विलेन को चीरता हुआ खड़ा हो जाता है वैसे ही मैं भी खड़ा हो गया था। मेरा शरीर जनवरी महीने में पसीने से तर

हो गया था। जैसे ही मैं खड़ा हुआ। मेरी जान में जान आयी और मेरे हाथ मे उस लड़के की कॉलर थी। जिसकी कॉलर को मैं पकड़ कर खड़ा हुआ था। उसकी कॉलर अभी भी मेरे हाथ मे थी। मैं अभी भी उसे अपनी मुट्ठी में दबाये हुए खड़ा था। मेरे हाथ पैर अभी भी काँप रहे थे। तभी वह लड़का जोर से चिल्लाया जिसकी कॉलर मेरे हाथ में थी, "कौन है भोसड़ी वाला जो मेरी शर्ट की कॉलर को फाड़ दिया?"

अब मेरी तन्द्रा टूटी और मैं क्या बोलता, "मैंने अपने हाथ की मुट्ठी को खोल दी, उस लड़के की कॉलर को वहीं छोड़कर, अपनी गर्दन को दूसरी तरफ घुमा लिया। वह लड़का बहुत देर तक मुझे गाली देता रह गया। फिर शांत हो गया।"

उस लड़के के गुस्से को देखकर मुझे हँसी आ गयी। जो कुछ देर पहले तक मेरे चेहरे से गायब थी। अब वह लड़का नीचे झुककर अपने शर्ट की कॉलर को ढूँढ़ने लग गया। जैसे ही उसको उसकी कॉलर मिली वह उसे उठाकर जेब मे डालते हुए फिर से गाली देते हुए बोला, "भोसड़ी वालो को मेरे कॉलर से क्या दुश्मनी थी जो इसे फाड़ दिया।"

मैं फिर से उस लड़के की गाली को सुनकर मुस्कुराने लगा।

अभी भी फौजी लोग अलाउंस कर रहे थे बैठ जाओ, बैठ जाओ, बैठ जाओ। सबको भर्ती देखने का मौका मिलेगा। लेकिन अब भीड़ में बैठे तो कौन बैठे? खासकर मैं तो कतई न बैठूँ। पीछे के लड़के आगे की तरफ धक्का पे धक्का दे रहे थे। तभी भीड़ को कंट्रोल करने के लिये फौजियों ने लाठी चला दिया। लाठी जिसके सिर पर पड़ती वह बैठ जाता। एक लाठी मेरे सिर पर पड़ी, लेकिन मैं बैठा नहीं। क्योंकि कुछ देर पहले मैंने अपनी मौत को इतने करीब से देखा था कि दुबारा मेरी हिम्मत ही नहीं हुई कि मैं बैठ जाऊँ। दूसरी लाठी मनोज तिवारी के सिर पर पड़ी थी। तिवारी जी एक ही लाठी खाकर भीड़ से निकल कर सड़क पर आकर बाहर खड़े हो गये थे।

फौजियों ने जैसे ही भीड़ को कंट्रोल किया। भर्ती की प्रक्रिया शुरू कर दी गयी। मैं अंदर चला गया। मेरी हाइट नापी गयी। मैं अपने डॉक्यूमेंट चेक

कराकर दौड़ने के लिये ग्राउंड में पहुँच गया। तब मनोज तिवारी ने मुझको फोन किया और मुझसे पूछा, "कहाँ हो बे?"

मैं जवाब देते हुए बोला, "मैं दौड़ने जा रहा हूँ। तुम कहाँ हो?"

मनोज ने भी जवाब दिया, "मैं तो ग्राउंड से बाहर निकल कर सड़क में खड़ा हूँ।"

"तुम भोसड़ी के ग्राउंड से बाहर कब निकल गये?" मैं मनोज तिवारी को गाली देते हुए उससे पूछा।

"जब लाठी पड़ी थी तभी मैं ग्राउंड छोड़कर भाग आया था। दूसरी लाठी खाने का दम नहीं था मुझमें।" मनोज तिवारी अपने सिर के दर्द को टटोलते हुए जवाब दिया।

"चलो अब लाठी बंद हो गयी है जल्दी से आ जाओ। मैं तुम्हारा इंतजार कर रहा हूँ।" मैंने कहा।

"भाई भाड़ में जाये दौड़, जब सब लोग दौड़ देख लेंगे, तभी मैं आऊँगा। मेरी हिम्मत नहीं पड़ रही है, भीड़ में घुसने की।" मनोज तिवारी दुःखी होकर बोला।

"अरे यार तुम कोशिश तो करो, जल्दी नम्बर आ जायेगा।" मैंने मनोज तिवारी को प्रोत्साहित करते हुए कहा।

"नहीं भाई, अब हम तो लास्ट में ही कोशिश करेंगे।" उधर से मनोज ने जवाब दिया।

"भाड़ में जाओ फिर"- कह कर मैंने फोन काट दिया।

✴ ✴ ✴ ✴

तभी फिर से अनाउंसमेंट हुआ कि जो लड़के इंटरमीडिएट पीसीएम से किया है। जिन्हें टेक्निकल से भर्ती देखनी है, वह लड़के सेवा सदन में पहुँच जाए। मैं अनाउंसमेंट सुनकर सेवा सदन की तरफ चला गया। जो पीएसी ग्राउंड से ठीक बाहर ही था। मेरे जैसे पीसीएम वाले बहुत से लौंडे भी वहाँ जा रहे थे।

हुड़दंग

जिन्हें टेक्निकल से भर्ती देखनी थी। मुझे भी टेक्निकल से भर्ती देखनी थी इसलिए मैं भी सेवा सदन की तरफ चल दिया। हम लोग सेवा सदन पहुँच कर इंतजार करते रहे गये कि कोई आकर हमें बतायेगा की हमें यहाँ किस लिये बुलाया गया है। सुबह से दोपहर हो गयी लेकिन अभी तक कोई फौजी स्टाप सेवा सदन में आया ही नहीं। जो बता सके कि हम लोगों को यहाँ पर किस लिये बुलाया गया है। सेवा सदन में मुझको मेरा दोस्त राजकरन मिल गया। मैं और राजकरन एक ही स्कूल में पढ़े थे। राजकरन को देखकर मैं बहुत खुश हुआ। मेरी और राजकरन की बहुत देर तक बातें होती रही। हम दोनों खुश थे कि चलो आज शायद हमको दौड़ न करनी पड़ेगी।

जब लगभग तीन घंटे बीत गये तो मैंने मनोज तिवारी को फोन किया और उससे पूछा, "कहाँ हो पंडितऊ?"

"यार हम अभी भी बाहर ही खड़े हैं।" मनोज तिवारी ने जवाब दिया।

"तुम भोसड़ी के अभी भी बाहर ही मरवा रहे हो, हिम्मत करो और घुस जाओ भीड़ में। वरना नम्बर आने से रहा।" मैं मनोज तिवारी को गरियाते हुए बोला।

"एक लाठी पड़ते ही हिम्मत भाग गयी है भाई, अब हमारे बस का नहीं है भीड़ में घुसना।" मनोज तिवारी उधर से मुँह लटका कर बोला।

"लाठी तो हमरे भी कपार पर पड़ी थी हम नहीं भागे।" मैंने कहा।

"तुमरे खोपड़ी में लाठी धीरे पड़ी होगी, हमार खोपड़ी खुलने से बची है। इसलिए हमार हिम्मत नहीं पड़ रही।" मनोज तिवारी अभी भी अपने खोपड़ी में लाठी के दर्द को टटोलते हुए बोल रहा था।

फिर उसने मुझसे पूछा, "दौड़ हो गयी क्या तुम्हारी?"

"नहीं हमारी दौड़ नहीं हुई है। हम सेवा सदन में बैठे हैं।" मैंने जवाब दिया।

"सेवा सदन में क्या करने गये हो बे।" मनोज तिवारी फिर से मुझसे पूछा।

"यार, वो लोग अनाउंसमेंट किये थे कि जो लड़के पीसीएम वाले हैं वो लोग

सेवा सदन में आ जाये। हम भी आ गये हैं।"

"ये पीसीएम क्या होता है करन भाई?" मनोज तिवारी असमंजस भरे लहजे में मुझसे पूछा।

"तुमको पीसीएम नहीं पता क्या?" मैं मनोज तिवारी से मौज लेते हुए पूछा।

"नहीं पता, तभी तो पूछ रहा हूँ।" मनोज तिवारी गुस्सा होते हुए बोला।

"अरे यार तुम भी बड़े वाले पंडित हो। पीसीएम का मतलब नहीं पता है और आ गये आर्मी की भर्ती देखने।"

"नहीं पता तो नहीं पता, अब किया भी क्या जा सकता है। बताओ पीसीएम का मतलब क्या होता है?" मनोज मुझसे आग्रह करते हुए फिर से पूछा।

"यार पीसीएम का मतलब फिजिक्स, कैमेस्ट्री, मैथ है।"

"ओ साला, पीसीएम का मतलब फिजिक्स, कैमेस्ट्री और मैथ होता है। ये तो हमें पता ही नहीं था यार।" मनोज चौंककर कहा। जैसे उसे आज नये शब्द का ज्ञान हो गया हो। इतना तो न्यूटन भी नहीं चौंका होगा सेब के गिरने पर। जितना मनोज तिवारी पीसीएम के बारे में जानकर चौंक गया था।

सच कहूँ पीसीएम का मतलब तो मुझको भी नहीं मालूम था। जब अनाउंसमेंट हो रहा था जो लोग पीसीएम वाले हैं सेवा सदन में जाएँ। जिन्हें टेक्निकल से भर्ती देखनी है, वो लोग सेवा सदन में जाये। जिन्होंने इंटरमीडिएट फिजिक्स, केमेस्ट्री, मैथ से की है सेवा सदन में जाएँ। मैं भी सेवा सदन में आ गया। मैं फिजिक्स, कमेस्ट्री और मैथ कर रखी थी। मुझे टेक्निकल से भर्ती भी देखना था इसलिए मैं सेवा सदन में आ गया था। लेकिन मुझे अभी भी समझ में नहीं आया था कि पीसीएम का मतलब क्या होता है। इसलिए मैंने एक लड़के से पूछ ही लिया, "अरे भाई ये पीसीएम का मतलब क्या होता है?"

वह लड़का बड़ा हरामी था पहले तो उसने मुझे ऊपर से नीचे तक देखा फिर बोला, "देहाती हो?"

"हाँ, हम देहाती हैं।" मैंने जवाब दिया।

"गाँव के अनपढ़ लोग ही तो मैं को हम कहते हैं। अब मैं समझ रहा हूँ कि तुमको सच में पीसीएम का मतलब नहीं मालूम है।" उस लौंडे ने मेरी बेइज्जती करते हुए कहा।

"नहीं मालूम तभी तो पूछ रहा हूँ भाई? बताना है तो बताओ वरना भाड़ में जाओ।" मैं गुस्से से बोला।

उस लड़के ने कहा, "पीसीएम का मतलब होता है, फिजिक्स, केमेस्ट्री और मैथ।"

मैं उस लड़के से पीसीएम का मतलब सुनकर स्तब्ध रह गया था। अब मैं मनोज को क्या बताता की गाँव के लड़कों को पीसीएम क्या होता है नहीं मालूम। पीसीएम के चक्कर में मेरी कितनी बेइज्जती हुई है। मनोज अभी भी फोन पर था उसने कहा, " सच भाई आपने तो मुझे एक नये शब्द का ज्ञान दे दिया। वरना मैं किसी से पूछता की पीसीएम का मतलब क्या है तो साला बेइज्जती हो जाता।"

मैं मन ही मन सोचा, "मैं तो अपनी बेइज्जती करवा कर ही इस महत्वपूर्ण शब्द के बारे में जान पाया हूँ। अब तुम्हें अपनी बेइज्जती करवाने की कोई जरूरत नहीं है।"

मैं अपनी इमेज बनाये रखने के लिये कहा, "भाई इसीलिए कहता हूँ कि थोड़ा पढ़ाई-लिखाई भी कर लिया करो। जिससे अपने काम की चीज तो पता रहे। अब फोन रखो और जल्दी से हिम्मत करके भीड़ को चीरते हुए आगे बढ़ो। मैं एक घंटे बाद फोन करूँगा। मुझे तुमसे यह खुशखबरी चाहिए कि तुम दौड़ में पास हो गये हो।" मैंने मनोज तिवारी को ज्ञान और आत्मबल देते हुए कहा।

"ठीक है भाई, हम एक घंटे में तुमको खुशखबरी देते हैं कि हम दौड़ कर लिये और पास हो गये हैं।" मनोज तिवारी उत्साह से भरकर बोला।

"जियो बेटा, ऐसे ही जोश रखना, पास हो जाओगे।" कहकर मैंने फोन काट दिया।

अब सेवा सदन में भर्ती कराने वाला स्टाप आ गया था। वो लोग हम लोगों

को चार लाईन में बैठा दिये। फिर एक-एक लड़के को बुलाकर सबके डॉक्यूमेंट फिर से चेक करके उनका प्रवेश पत्र बनाते जा रहे थे। जब सबके प्रवेश पत्र बन गये। वो लोग सबको प्रवेश पत्र देते हुए बोले, "29 मार्च को लखनऊ के बुचडी ग्राउंड में सबसे पहले आप लोंगो की परीक्षा होगी। परीक्षा में पास होने के बाद आपका फिजिकल टेस्ट होगा।"

मैं इस बात से खुश था कि चलो कम से कम मुझे आज तो नहीं दौड़ना पड़ा। मैं प्रवेश पत्र और अपने डॉक्युमेंट लेकर सेवा सदन से बाहर निकल आया और मनोज तिवारी को फोन लगाया, " कहाँ हो बे, दौड़ किये की नहीं।"

मनोज तिवारी निराश होकर बोला, "भाई दौड़ तो कर लिये, मगर साला पाँच मीटर की दूरी बची रह गयी, तभी डोरी खींच लिया। हम भी बाल-बाल बच गये। वरना पास वाले ग्रुप में खड़े होते।"

"सच में?" मैं मनोज से सवाल किया ॥

मनोज फिर सफाई देते हुए बोला, " हाँ भाई सच में।"

मैंने उससे कहा, "हर कोई यही चार-पाँच मीटर पे ही तो लटक जाता है। अब निराश न हो, आ जाओ वापस गाँव चलते हैं।"

"ठीक है मैं आ रहा हूँ।" मनोज ने कहा।

मनोज तिवारी के आते ही हम दोनों वापस अपने गाँव के लिये निकल पड़े।

मार्च 29 को मेरी परीक्षा लखनऊ में थी। मैं अकेला ही एक दिन पहले 28 मार्च को लखनऊ पहुँच गया। आज पहली बार था जब मैं अकेला किसी शहर गया था। डर था कि मेरे दिलो-दिमाग में बैठा हुआ था। मगर किया भी क्या जा सकता है। मैं लखनऊ पहुँच कर पैदल ही एक बार बुचडी ग्राउंड होकर आ गया। मेरे सामने सबसे बड़ी मुश्किल बात यह थी कि लखनऊ में रुका कहाँ जाए। न किसी से जान, न पहचान, इसलिए डर और मुझ पर हावी हो रहा था। मैं विनोद यादव के साथ एक बार लखनऊ आ चुका था और हम दोनों चारबाग रेलवे स्टेशन में ही रुके थे। इसलिए मैंने भी यहीं रुकने का फैसला कर लिया। मैं यहाँ मुफ्त में रुक भी सकता था और मुझे डर भी नहीं लग रहा था।

सुबह नौ बजे से परीक्षा शुरू होनी थी। मैं और मेरे जैसे सैकड़ों लड़के सुबह सात बजे ही बुचडी ग्राउंड पहुँच गये। वहाँ पर फिर से मुझको राजकरन मिल गया। वह भी परीक्षा देने आया हुआ था। मैंने राजकरन से पूछा, "अरे साला तुम कानपुर में तो मिला था फिर कहाँ गायब हो गया था भाई, भर्ती के दिन?"

"मैं कानपुर से सीधा इलाहाबाद चला गया था।" राजकरन ने जवाब दिया।

"इलाहाबाद में क्या करता है?" मैंने राजकरन से सवाल किया।

"पढ़ाई करता हूँ और क्या करूँगा।" राजकरन ने मेरे सवाल का जवाब दिया।

लखनऊ में अभी तक मैं अकेले था लेकिन अब दो लोग हो गये थे। बुचडी ग्राउंड में सैकड़ों लड़कों के बीच में मैं और राजकरन भी थे। लगभग आठ बजे तक सभी लड़के पहुँच चुके थे। हम लोगों को बुचडी ग्राउंड में जमीन पर बैठा दिया गया था। बुचडी ग्राउंड हरी-हरी घास से भरा हुआ था। नौ बजे से एग्जाम शुरू होना था। नौ बजते ही हम सबको पेपर मिल गया। पेपर में सौ प्रश्न पूछे गये थे। वो भी ऑब्जेक्टिव वाले। मुझको जितने सवाल आते थे मैंने उन सभी सवालों को हल कर दिया। तीन घंटे में हमारा पेपर समाप्त हो गया पेपर होने के

बाद मैं और राजकरन बुचडी ग्राउंड से चारबाग रेलवे स्टेशन आ गये। स्टेशन के बाहर हम दोनों ने खाना खाया। खाना खाने के बाद राजकरन मुझसे बोला, "करन अपना नम्बर तो दे दे, जरूरत पड़ सकती है।"

मैंने राजकरन को अपना नम्बर दे दिया और राजकरन का नम्बर अपने नोकिया के मोबाइल पर सेव कर लिया। अब मैं राजकरन से हाथ मिलाकर आलमबाग बस स्टैंड के लिये निकल पड़ा। वहाँ से अपने गाँव की बस पकड़ ली। राजकरन को इलाहाबाद जाना था, वह इलाहाबाद की ट्रेन का इंतजार करने लगा।

लगभग चार महीने हो गये मेरा रिजल्ट नहीं आया। मैं भूल भी गया कि मैंने फौज की परीक्षा भी दिया है। मैंने इसी बीच तीन और एक्ज़ाम दिये थे जिनका भी रिजल्ट नहीं आया था। इसलिए मेरे बाबू जी मुझसे नाराज रहते और कहते थे, "इस लड़के का कुछ नहीं हो सकता है। जो परीक्षा देता है आज तक उसका रिजल्ट ही नहीं निकला। पता नहीं परीक्षा देने जाता भी है या पैसा लेकर घूमने चला जाता है!"

मुझको बाबू जी के ताने से कोई फर्क नहीं पड़ता था। दिन में मैं कॉलेज जाता, वर्षा से प्यार-मुँहब्बत की बातें करता और रात को फ़िल्म देखता था। इसलिए मेरे बाबू जी मुझसे और नाराज होते थे। वो मुझे निक्कमा और नल्ला भी कहकर पुकारने लगे थे। मैं तो अपने-आप में मस्त रहता था।

एक दिन अचानक मेरे फोन की रिंग बजी। मैंने देखा फोन राजकरन का है। मैंने फोन उठा लिया और बोला, "हैलो?"

दूसरी तरफ से राजकरन खुशी से बोल पड़ा, "करन तुम पास हो गये हो।"

मुझको समझ में नहीं आया कि मैं किसमे पास हो गया। क्योंकि मैं इस चार महीने में अलग-अलग तीन-चार और भी परीक्षाएँ दे चुका था। इसलिए मैंने राजकरन से पूछा, "किसमें पास हो गया हूँ, भाई?"

"अरे यार, जो लखनऊ में आर्मी की परीक्षा दिये थे न, उसमें पास हो गये हो।" राजकरन खुश होकर बोला।

"सच?" मैं चौंकचौंककर पूछा। क्योंकि मुझे राजकरन की बात पर भरोसा नहीं हुआ।

"हाँ सच।" राजकरन फिर हाँ में जवाब दिया।

"तुम्हें कैसे मालूम हुआ कि मैं पास हो गया हूँ?" मैंने राजकरन से एक और सवाल कर दिया।

"मैं लखनऊ से अपना और तुम्हारा रिजल्ट देखकर आया हूँ।" राजकरन ने कहा।

"सच बोल रहे हो, या मजाक कर रहे हो?" राजकरन की बात का अब भी मैं अविश्वास करते हुए उससे पूछा।

"अरे यार सच बोल रहा हूँ। ये भी मजाक करने की बात है क्या? भाई पास हो गया है और मैं मजाक करूँ। ऐसा भी हो सकता है।" राजकरन सीरियस होकर बोला।

"तो ठीक है, कल मैं भी लखनऊ जाकर अपना रिजल्ट देखकर आता हूँ।" मैं उतावला और खुश होकर बोला।

"ठीक है, जब मेरी बात का विश्वास नहीं है तो जाओ।" राजकरन ने कहा।

"विश्वास तो है भाई, लेकिन मैं भी एक बार अपनी आँखों से अपना रिजल्ट देखकर कन्फर्म तो कर लूँ। जिससे मुझे भी तसल्ली हो जाये।" मैंने राजकरन से कहा। आज खुशी के मारे मेरे पैर जमीन पर टिक ही नहीं रहे थे।

"देख आओ और कन्फर्म कर लो भाई। हमारा तो कोई वजूद ही नहीं है। इतनी बड़ी खुशखबरी दे रहा हूँ। सोचा था तुम मिठाई खिलाओगे, पार्टी दोगे। लेकिन यहाँ तो साला कोई हमारी बात का विश्वास ही नहीं कर रहा है।" राजकरन हँसते हुए बोला।

"विश्वास है भाई, लेकिन अपना रिजल्ट खुद देखने की जो खुशी है। मैं उसे गँवाना नहीं चाहता।" मैं भी खुश होकर बोला।

"जाओ भाई खुशी को न गँवाओ, बाप का पैसा गँवाओ। रिजल्ट देखकर

आओ।" राजकरन फिर हँसते हुए बोला।

मुझको राजकरन की बात पर विश्वास तो था लेकिन अपना रिजल्ट अपनी आँखों से देखना एक अजीब सुख को प्राप्त करना था। जिसके लिये मेरी आँखें तरस रही थी। मैं वही सुख का अनुभव लेना चाह रहा था। जिस सुख को मैं हर दिन वर्षा को देखकर अनुभव करता था। आज उससे ज्यादा मैं अपने रिजल्ट को देख लेने में खुशी और सुख की अनुभूति कर रहा था। इसलिए मैंने लखनऊ जाने का प्लान बना लिया।

मैं सबसे पहले अपने पिता जी को खुशखबरी देने पहुँच गया और बोला, "बाबू जी मैंने जो आर्मी की परीक्षा दिया था उसमें पास हो गया हूँ।"

मेरे पिता कुछ देर तक तो मुझे देखते रहे फिर बोले, "सच कह रहे हो?"

"हाँ बाबू जी सच कह रहा हूँ।"

"किसने बताया कि तुम पास हो गये हो?" बाबू जी ने मुझसे पूछा।

"मेरा दोस्त राजकरन अभी फोन करके बताया है, कि मैं पास हो गया हूँ।" मैंने कहा।

मेरे बाबू जी बहुत खुश हो गये और मेरी पीठ थपथपाते हुए बोले, "जियो मेरे लाल, एक ऐसा रिजल्ट है जिसमें तुम पास तो हो गये हो। कल जाकर खुद अपना रिजल्ट देख आओ।"

"ठीक है बाबू जी, कल लखनऊ जाकर मैं खुद अपना रिजल्ट देख आऊँआऊँगा।" मैंने कहा। मुझे जब से याद है आज पहली बार मेरे बाबू जी ने मेरी पीठ थपथपाई थी। मेरी खुशी का ठिकाना नहीं था। मैं अपने बाबू जी के चेहरे पर आज पहली बार इतनी खुशी देख रहा था। जिसकी मैं व्याख्या भी नहीं कर सकता।

अगले दिन मैं लखनऊ गया, नोटिस बोर्ड में अपना नाम और रोल नंबर देखकर मैं बहुत खुश हुआ। मैंने सबसे पहले अपने बाबू जी को फोन करके बता दिया कि बाबू जी मैं सच मे आर्मी की परीक्षा में पास हो गया हूँ।

लखनऊ से आने के बाद मैं अब दोनों टाइम दौड़ने लग गया था। क्योंकि अब कभी भी मेरा फिजिकल टेस्ट हो सकता है। लगभग तीन महीने और बीत चुके थे। मेरा फिजिकल टेस्ट कब होगा मुझे कुछ पता ही नहीं चल रहा था। फिर एक दिन राजकरन ने मुझे फोन किया। मैंने फोन रिसीव किया, उधर से राजकरन की आवाज आई, "करन तीन अगस्त को गोंडा में अपनी दौड़ होगी।"

राजकरन की बात सुनकर मैं खुश हो गया। मेरे मुख से निकला, "तीन अगस्त को?"

"हाँ तीन अगस्त को।" राजकरन ने फिर से दोहराया।

"यार तुम्हारी दौड़ कैसी है?" मैंने राजकरन से पूछा।

"भाई मैंने दौड़ तो किया ही नहीं, आज से दौड़ शुरू करूँगा। तुम्हारी दौड़ कैसी है?" राजकरन मेरे सवाल का जवाब देकर खुद मुझसे पूछा।

"तुम्हारी जैसी ही है।" मैंने भी जवाब दिया।

"मेरी जैसी का क्या मतलब है?" राजकरन ने फिर पूछा।

"जैसे तुम्हारी दौड़ है वैसे ही मेरी दौड़ है।" मैंने कहा।

"चलो फिर गोंडा में ही मिलते हैं।" राजकरन मेरी बात से खुश होकर बोला।

"ठीक है?" मैंने कहा और राजकरन ने फोन काट दिया।

अध्याय- 7

तीन अगस्त में अभी दस दिन का समय था। मैं अपनी दौड़ को और निखारने की कोशिश करता रहा। लगभग सात-आठ महीने की दौड़ के बाद भी मैं डर रहा था कि दौड़ में पास हो पाऊँगा की नहीं। मेरा डरना भी लाजमी था क्योंकि विनोद यादव की दौड़ के आगे मेरी दौड़ कुछ भी नहीं थी। फिर भी मैं कोशिश करता रहा। क्योंकि मैंने पढ़ा था कोशिश करने वाले की हार नहीं होती। इसलिए मैं कोशिश कर रहा था।

दो अगस्त को मैं गोंडा के लिये निकल पड़ा। मैं इलाहाबाद से बस में बैठकर गोंडा पहुँच गया। जैसे ही बस गोंडा बस स्टॉप में रुकी बस कंडक्टर ने आवाज लगाकर कहा, "भाई लोगों उतर जाओ, गोंडा आ गया है।

मैंने बस से उतर कर अपने दोनों हाथों को खोलकर अपने आप को रिलैक्स किया। फिर मैं सोचने लगा कि किससे पूछा जाये कि आर्मी की भर्ती किस ग्राउंड में है। फिर मैंने मन ही मन सोचा कि अगर मैं किसी से पूछूँगा तो वह आदमी क्या सोचेगा मेरे बारे में, कि मैं भर्ती देखने आ गया हूँ और मुझे ये भी नहीं मालूम कि भर्ती किस ग्राउंड में है। मैं यही सोचते हुए एक पान की गुमटी के पास पहुँचा और गुमटी वाले से पूछा, "चाचा यहाँ पर कल आर्मी की भर्ती कहाँ है।"

मुझको जिस बात का डर था, वही हुआ। पान की गुमटी वाले ने जवाब देते हुए कहा, "बड़ा बुड़बक लौंडा है भाई, भर्ती देखने आ गया है और लौंडे को पता भी नहीं है भर्ती किस ग्राउंड में है।" पान वाला चाचा अपने गुमटी के पास खड़े लोगों को बताते हुए बोला।

गुमटी के पास पान खाने वाले बहुत से लोग खड़े थे वो सब हँसने लग गये। मुझको गुमटी वाले चाचा की बात का बुरा लग गया। मैं गुस्से में उससे बोला, "चाचा, बताना है तो बताओ, वरना न बताओ। लेकिन हमारी लंगोटी में हाथ मत घुसावो।"

चाचा नाराज हो गया और बोला, "भागो यहाँ से हमारे पास इतना ही काम

है कि सबको बताते फिरे की कहाँ पर आर्मी की भर्ती है। भर्ती तुम देखने आये हो तुमको पता-सता लेकर आना चाहिए।"

"कितना हरामी बुड्ढा है?" मैंने मन मे सोचा और निराश होकर बस स्टाप से बाहर निकल गया। मैं अभी भी सोच रहा था कि आजकल के चचा भी बहुत हरामी होते हैं। घंटे भर बकवास करता रह गया चचा, लेकिन यह नहीं बता सका कि भर्ती किस ग्राउंड में है।

मैं चचा को गाली देते हुए बस स्टाप के मेन गेट के बाहर खड़ा होकर फिर से मुड़कर चचा की बेरुखी मुस्कान और उनका लगाया हुआ मीठा पान, साथ ही उसकी गुमटी को भी देखने लग गया। जैसे ही मेरी आँखें गुमटी से हटी और बस स्टाप के गेट के ऊपर लगे एक बड़े से बैनर पर गयी। मैं खुश हो गया। उस बैनर में बड़े-बड़े अक्षर में लिखा था कि पीएसी ग्राउण्ड गोंडा में आर्मी की भर्ती है। भर्ती की डेट भी लिखी हुई थी। मैं उस बैनर को देखकर बहुत खुश हुआ कि चलो अब मुझे किसी से पूछने की भी जरूरत नहीं है, कि किस ग्राउंड में भर्ती है। खासकर इस चचा भोसड़ी वाले से तो और नहीं।

मैं बस स्टाप के बाहर खड़े साइकिल रिक्शा वाले के पास गया और उससे पूछा, " भइया पीएसी ग्राउंड चलोगे।"

"हाँ क्यों नहीं चलेंगे।" रिक्शावाले ने जवाब दिया।

मैं रिक्सा में बैठ गया। रिक्शा वाला रिक्शा को आगे बढ़ा दिया। वह रिक्शा के पैडल को हाँफते हुए मार रहा था। साथ ही अपने माथे का पसीना पोंछते हुए बोला, " भर्ती देखने आये हो?"

"हाँ।" मैंने उसकी तरफ देखे बगैर जवाब दिया।

उसने फिर पूछा, "दौड़ किये हो?"

मैंने बेमन से कहा, "थोड़ा-बहुत किये हैं।"

"थोड़ा-बहुत से काम नहीं चलेगा, दमपेल दौड़ करनी चाहिए थी। तभी दौड़ निकाल पाओगे।" रिक्शा वाले ने मुझको ज्ञान देते हुए कहा।

"ज्ञान तो हर कोई देता है, मैदान में उतरो तब दाल-आटा का भाव पता चलता है।" मैं क्रोधित होकर रिक्शा वाले से बोला।

"हम दसियों बार मैदान में उतरे हैं, तभी बता रहे हैं। दमभर दौड़ना पड़ता है।" रिक्शा वाले ने कहा। फिर वह बोलता गया। अब आ ही गये हो तो हमारी एक बात गाँठ बाँध कर रख लो। छह-सात मिनट का खेल है दौड़ का। जोर लगा देना। पास हो जाओगे। पीछे मुड़कर नहीं देखना। यही समझना कि तुम सबसे आगे हो। रुकना मत। जब तक पास नहीं हो जाते हो। रुक गये तो समझो झुक गये। यही मौका है अपनी किस्मत बदलने का।

मैं रिक्शा वाले की बात को सुनता रहा। मेरे पास उसे जवाब देने के लिये कुछ नहीं था। इसलिए मैंने जोश में भरकर कहा, "मैं आपकी बात को याद रखूँगा जहाँपनाह और मैदान को भी फाड़ कर निकल जाऊँगा।"

"हाँ मैदान को फाड़कर ही निकल जाना है।" रिक्शा वाले ने फिर मेरा जोश बढ़ाते हुए कहा। फिर उसने मुझसे पूछा, "तुम फौजी क्यों बनना चाहते हो, भाई।"

मैं कुछ देर तक रिक्शा वाले की तरफ देखता रहा। फिर जवाब दिया, "बॉर्डर फ़िल्म देखने के बाद मन कर गया कि फौजी बनना है। देश सेवा करनी है। साथ में हमारी गर्लफ्रेंड को फौजी बहुत प्यारे लगते हैं। बस इसलिए।

वह रिक्शा चालक हँसने लगा और बोला, "तुम बॉर्डर फ़िल्म देखकर फौजी बनना चाहते हो। और तुम्हारी गर्लफ्रेंड को फौजी प्यारे लगते हैं। बहुत अच्छे। प्यार में लोग क्या से क्या कर जाते हैं। तुम्हें फौजी बनना है बनो भाई।" फिर उसने कहा, "यार बॉर्डर फ़िल्म का कोई डायलॉग तो सुनाओ।"

मैं कुछ देर तक सोचता रहा फिर अपने हाथों को हवा में उठा लिया और बोला, "ये धरती मेरी माँ है। कोई माँ बदसूरत होती है तो क्या उसके बेटे उसे प्यार नहीं करते हैं?"

रिक्शा वाले को मेरी एक्टिंग अच्छी लगी कि नहीं लगी, ये तो मैं नहीं बता सकता। मगर वह हँसते हुए बोला, "बस कर पगले रुलायेगा क्या?"

मैं रिक्शा वाले की बात सुनकर शांत हो गया। मुझे लगा कि वह मेरा मजाक उड़ा रहा है। मगर मुझको शांत बैठा देखकर वह जोर से चिल्लाने लगा, "मथुरा दास जी आप खुश हैं कि आप घर जा रहे हैं। मगर खुशी का ये जो बेहूदा नाच आप अपने भाइयों के साथ कर रहे हैं। अच्छा नहीं लगता। आपकी छुट्टी इसलिए मंजूर हुई है, कि आपके घर में प्रॉब्लम है। दुनिया में किसे प्रॉब्लम नहीं। जिंदगी का दूसरा नाम ही प्रॉब्लम है। मथुरा दास अपने भाइयों में कोई ऐसा भी है जिसकी विधवा माँ अपनी आँखों से देख नहीं सकती, और उसका इकलौता बेटा रेगिस्तान की धूल में खो गया है। कोई ऐसा भी है जिसकी माँ की अस्थियाँ उसका इंतजार कर रही है कि उसका बेटा जंग जीतकर आयेगा और उसकी अस्थियाँ गंगा में बहा देगा। किसी का बूढ़ा बाप अपनी आखिरी घड़ियाँ गिन रहा है और हर रोज मौत को यह कहकर टाल देता है कि मेरी चिता को आग देने वाला दूर बॉर्डर में बैठा है। अगर इन सब ने अपनी प्रॉब्लम का बहाना लेकर छुट्टी ले ली तो ये जंग कैसे जीती जायेगी। बताओ ये जंग कैसे जीती जायेगी? मथुरा दास इससे पहले कि मैं तुझे गद्दार करार करके गोली मार दूँ। भाग जा यहाँ से।"

रिक्शा वाला इतना जोर से चिल्ला रहा था कि सड़क किनारे खड़े लोग, साइकिल और बाइक से आते-जाते लोग उसे ही देख रहे थे। रिक्शा वाला जितनी जोर से रिक्शा की पैडल मार रहा था। वह उससे कहीं जोर से चिल्लाकर डायलॉग सुना रहा था। मेरी आँखें भी खुली की खुली रह गयी थी। मुझे लगा कि रिक्शा वाले के अंदर सन्नी देवल जी की आत्मा घुस गयी है। मैं रिक्शा वाले से बॉर्डर फ़िल्म का डायलॉग सुनकर ताली बजाने लग गया। सड़क पर निकलने वाले लोग मेरी तरफ भी देखने लग गये। मैंने रिक्शा वाले से कहा, "वाह भाई साहब अपने तो सन्नी पाजी का पूरा का पूरा डायलॉग सुना दिया। दिल खुश हो गया।"

"आप भी तो सुनील शेट्टी का डायलॉग सुनाये थे, हमने सन्नी पाजी का सुना दिया।" रिक्शा वाले ने कहा। और वहीं पर रिक्शा को रोक दिया।

सामने ही पीएसी ग्राउंड का मेनगेट आ गया था। उसने इशारे से कहा, "यही पर कल आपको दौड़ लगानी है। दम लगा देना।"

मैं रिक्शा वाले को उसके किराया का पैसा देते हुए बोला, "जान लगा दूँगा भाई, फाड़ कर ग्राउंड निकल जाऊँगा। आपने जो मेरा हौसला बढ़ाया है। अब मैं उसे कम नहीं होने दूँगा।"

"अब अगर दुबारा मिले तो यह खुश खबरी जरूर देना भाई की आपकी दौड़ निकल गयी है।" रिक्शा वाले ने फिर कहा।

"जरूर खुशखबरी दूँगा भाई।" मैंने उसे आश्वासन देते हुए कहा।

रिक्शा वाला चला गया। मैं कुछ देर तक रिक्शा वाले को देखता रह गया कि कितने लोग सपने देखते हैं फौजी बनने का, देश सेवा करने का, तिरंगे को बॉर्डर में लहराने का। लेकिन सब के सपने पूरे कहाँ होते हैं। जैसे कि विनोद यादव का सपना पूरा नहीं हुआ। रिक्शा वाले का सपना अधूरा रह गया। सपना तो मैंने भी देखा है कि मैं फौजी बनूँगा, देश सेवा करूँगा। लेकिन मेरा सपना दिन रात चौबीसों घंटे मेरे साथ रहता है। अगर मैं उसे भुलाने की कोशिश भी करता तो मेरी वर्षा मुझे भूलने नहीं देती थी। मैंने विनोद यादव और रिक्शा वाले के सपने को देखकर दृढ़ निश्चय जरूर कर लिया है कि ग्राउंड में मैं छः सात मिनट के लिये जी जान लगा दूँगा। ग्राउंड को फाड़ कर निकल जाऊँगा। कहने और करने में बहुत अंतर होता है। देखो कल क्या होता है। मैं कुछ देर तक यही सब सोचता हुआ पीएसी ग्राउंड के मेन गेट पर खड़ा रहा।

अध्याय- 8

सामने पीएसी ग्राउंड का मेन गेट है। जिसके अंदर कल मेरी किस्मत का फ़ैसला होगा। मेन गेट पर लिखा था कर्तव्य, निष्ठा और ईमानदारी। मैं पढ़ते हुए पीएसी ग्राउंड के अंदर चला आ गया। फिर मैंने राजकरन को फोन किया। जैसे ही राजकरन ने फोन उठाया। मैं उससे पूछा, "कहाँ है बे?"

राजकरन ने जवाब दिया, "गोंडा रेलवे स्टेशन पहुँच गया हूँ।"

"तू कहाँ है?" राजकरन ने मुझसे पूछा।

"मैं पीएसी ग्राउंड में हूँ।" मैंने जवाब दिया।

"कितना टाइम और लगेगा, यहाँ पहुँचने में?" मैंने राजकरन से पूछा। क्योंकि मेरा अकेले मन नहीं लग रहा था।

"एक घंटे में पहुँच जाऊँगा।" राजकरन ने जवाब दिया।

"जल्दी आ भाई अकेले मन नहीं लग रहा है।" मैंने राजकरन से फिर कहा।

"ठीक है फोन रख, मैं आ रहा हूँ।" कहकर राजकरन ने फोन काट दिया।

मैं पीएसी ग्राउंड के अंदर घूमने लग गया। जहाँ पर मेरे जैसे हजारों लड़के भर्ती देखने और दौड़ने आये थे। वो लोग अपने-अपने ग्रुप के साथ मे थे। मैं अकेला ही इधर-उधर घूम रहा था। लगभग एक घंटे में राजकरन पीएसी ग्राउंड के मेन गेट पर आ गया। उसने मुझको कॉल किया और पूछा, "कहाँ है?"

मैंने जवाब दिया, " पीएसी ग्राउंड में ही हूँ।"

"तू कहाँ है?" मैंने राजकरन से पूछा।

"मैं मेनगेट में हूँ।" राजकरन जवाब दिया।

"अंदर की तरफ आ, मैं सामने ही मिल जाऊँगा।" मैंने कहा।

"ठीक है मैं आ रहा हूँ।" कहकर उसने फोन काट दिया।

कुछ ही देर में राजकरन आ गया। मैं उसे देखकर बहुत खुश हुआ। वह मेरे गले लग गया। हम दोनों एक बार फिर से पूरे पीएसी का चक्कर लगाने लग गये। चक्कर लगाते हुए मुझको एक घोड़े की नाल मिल गयी। मैंने उसे उठा लिया।

मैं उस नाल को राजकरन को दिखाते हुए बोला, "भाई घोड़े की नाल मिली है। मैंने सुना है कि काले घोड़े की नाल का मिलना शुभ होता है।"

"हाँ, काले घोड़े की नाल का मिलना शुभ होता है। लेकिन ये काले घोड़े की ही नाल है। ये तुझे कैसे मालूम?" राजकरन मेरे विश्वास को तोड़ते हुए बोला।

"अब चाहे यह काले घोड़े की नाल हो या सफेद घोड़े की, मिल गयी है तो मैं इसे अपने पास ही रखूँगा।" मैं खुश होकर बोला।

राजकरन ने कहा, "रख ले भाई।"

हम दोनों कुछ दूर और चले होंगे, मुझको फिर से एक घोड़े की नाल मिल गयी। मैंने उसे भी उठा लिया और राजकरन से कहा, "भाई तू भी इसे रख ले, दो नाल मिली है शायद हम दोनों की किस्मत बदलने वाली है इसलिए ये दूसरी काले घोड़े की नाल मिल गयी है।"

राजकरन उस नाल को मुझसे लेकर अपने पास रख लिया। अब हम दोनों चार कदम और गये होंगे कि फिर से एक नाल मिल गयी। मैंने फिर से उसे भी उठा लिया। अबकी बार मुझे उस नाल को उठाते हुए एक फौजी ने देख लिया। उसने कहा, "ये बच्चे यह क्या कर रहा है।"

"कुछ नहीं सर, यहाँ पर काले घोड़े की नाल पड़ी थी उसी को उठा रहा था।" मैंने हड़बड़ा कर कहा।

"इसका क्या करेगा?" उस फौजी ने मुझसे पूछा।

"सर गाँव के लोग कहते हैं कि काले घोड़े की नाल मिलने से शुभ होता है। किस्मत बदल जाती है।" राजकरन बीच में बोल पड़ा।

"अबे भोसड़ी के, यह काले घोड़े की नाल नहीं है। यह हमारी लक्कड़ बूट की

नाल है। यहाँ पर हमलोग ड्रिल करते हैं। वही हमारे लक्कड़ बूट से निकल जाती है। यह वही नाल है।" उस फौजी ने हम दोनों को डाँटते और गरियाते हुए कहा।

"ये लक्कड़ बूट की नाल है।" मैंने चौंकचौंककर कहा। और उस नाल को जो अभी मेरे हाथ में थी उसे फेंक दिया। राजकरन मेरे हाव-भाव को देखकर हँसने लगा।

"हाँ लक्कड़ बूट की नाल है। मुझे लगता है तुम दोनों ने दौड़-भाग की नहीं है, तभी काले घोड़े की नाल ढूँढढूँढ रहे हो।" उस फौजी ने कहा।

"नहीं सर ऐसी बात नहीं है। हमने दौड़ की पूरी तैयारी कर रखी है।" राजकरन ने अपनी हँसी को रोकते हुए बोला।

"वो तो कल ग्राउंड में पता चलेगा, कि कितना तैयारी किये हो। अब तुम दोनों मुझे यहाँ पर एक भी सेकेंड के लिये दिखना भी नहीं। भागो यहाँ से। वरना ये नाल तुम दोनों के पैरों में फिट कर दूँगा।" उस फौजी उस्ताद ने कड़क आवाज में कहा।

जैसे ही इस उस्ताद ने कहा, "मुझे एक सेकेंड के लिये दिखना भी मत।" मैं और राजकरन एक ही पल में नौ दो ग्यारह हो गये। जैसे शेर को देखकर हिरण नौ दो ग्यारह होता है, वैसे ही हम दोनों उस उस्ताद को देखकर नौ दो ग्यारह हो गये थे। लगभग आधा किलो मीटर दूर जाने के बाद जब हम दोनों रुके तो राजकरन मुझको और मैं राजकरन को देखकर कुछ देर तक हँसते रह गये। तभी राजकरन ने कहा, "और चाहिए काले घोड़े की नाल, साला अंधविश्वासी?"

"तू भी तो मेरी तरह ही अंधविश्वासी है, मेरे देने पर तू भी तो नाल को लपक कर रख लिया था।" मैंने कहा।

"घंटा की नाल थी, साला बेइज्जती करवा दिया। लक्कड़ बूट की नाल देकर।" राजकरन ने कहा।

"बेइज्जती वो भी तेरी, तेरी कोई इज्जत भी है जो मैंने तेरी बेइज्जती करवा दिया।" मैं हँसते हुए बोला।

"बात तो सही कह रहा है भाई, इलाहाबाद में पढ़ाई करता हूँ। फिर भी

कोई इज्जत नहीं है। जिसे देखो वही पूछता रहता है क्या करते हो। अब क्या बताएँ कि बुढ़ौती तक पढ़ रहे हैं। एक बार फौजी बन गये तो इज्जत जरूर मिल जाएगी।" राजकरन ने कहा।

"भाई इज्जत बचानी है तो कल दम लगाना पड़ेगा। दौड़ निकालनी पड़ेगी। अब चाहे जो हो जाये, सीना फट कर गले में क्यों न अटक जाये, लेकिन दौड़ तो निकाल कर दम लेंगे। तभी इज्जत बचेगी।" मैं जोश भरकर बोला।

एक बात राजकरन को और याद आ गयी वह शरमाते हुए बोला, "यार इज्जत बचाने के लिये एक काम और करना होगा।"

"कौन-सा काम?" मैंने एक छोटा सा सवाल किया।

"भाई अगर दौड़ निकाल लिये, तो मेडिकल के समय पैंट खुलवाते हैं। जब पैंट खुलवायेंगे तो नीचे का जंगल देखकर गाली बहुत देते हैं। इसलिए नीचे की झाड़ को काटना पड़ेगा। वरना सच में बची-खुची इज्जत नीलाम हो जाएगी।" राजकरन ने कहा।

"सच में पैंट खुलवाते हैं क्या?" मैं अचंभित होकर राजकरन से पूछा।

"हाँ सच में।" राजकरन ने कहा।

"यार मेरी झाड़ बड़ी-बड़ी हो गयी है। अब इन्हें काटें कैसे?" मैं राजकरन से चिंतित होकर पूछा।

"पहले चलकर कोई दुकान ढूँढते हैं, उससे रेजर ब्लेड लेकर कहीं भी लग जायेंगे, अपने जंगल की सफाई करने में।" राजकरन ने सलाह देते हुए कहा।

"बात तो तू सही कह रहा है।" मैं खुश होकर बोला।

हम दोनों पीएसी ग्राउंड से बाहर आ गये। हमने एक दुकान से रेजर और दो ब्लेड खरीद लिया। उसी दुकानदार से राजकरन ने पूछा, "यहाँ पास में कोई ऐसी जगह होगी। जहाँ अपने जंगल की सफाई की जा सके।"

दुकानदार मुस्कुरा कर बोला, "हाँ कैंट से दो किलोमीटर दूर रेलवे स्टेशन है। वहीं पर जाओ। उधर खेत और जंगल सब मिलेगा। वहीं पर अपने जंगल की सफाई कर लेना।"

हम दोनों रेलवे स्टेशन की तरफ़ निकल गये।

अध्याय-९

मैं और राजकरन देहाती लौंडे थे। गाँव में हमारे घर मे टॉयलेट बना होने के बावजूद हम दोनों दोस्तों के साथ सुबह और शाम को बाहर ही पाखाने के लिये निकल जाते थे। कुछ लोगों के पास गाँव में अभी भी टॉयलेट नहीं बना था। जिनके पास था वह लोग भी खुले में शौच के लिये जाते थे। जिनके पास नहीं था उनका जाना तो लाजमी ही था। इसलिए मुझको और राजकरन को दुकानदार का बताया आइडिया अच्छा लगा। मैं और राजकरन अपने पीठ पर बैग लादे हुए रेलवे स्टेशन के लिये निकल पड़े।

हम दोनों लोग रेलवे स्टेशन पहुँच गये। वहाँ पर ऐसी जगह ढूँढ रहे थे जहाँ हमारा काम बन सके। लेकिन ऐसी जगह हमें मिल ही नहीं रही थी। चारों तरफ आदमी दिख रहे थे। तभी कुछ भर्ती देखने वाले लौंडो का एक ग्रुप हमारे पास से निकला। राजकरन ने एक लड़के से पूछा, "ये भाई, इधर कहीं ऐसी जगह है जहाँ तैयार हुआ जा सके।"

उस लड़के ने जवाब दिया, "सीधा रेल की पटरी पकड़ कर चले जाओ। आधा किलोमीटर दूर एक हैंडपंप मिलेगा। उसी के पास किसी खेत में निपट भी लेना और उसी हैंडपंप से पानी लेकर धो लेना और भी जो जो करना है कर लेना।"

अंधेरा होने लगा था। हम दोनों रेल की पटरी पकड़ कर चलते हुए उस हैंडपंप तक पहुँच गये। जिसके बारे में राजकरन ने उस लड़के से अभी कुछ देर पहले पूछा था। हैंडपंप से सौ मीटर दूर एक स्ट्रीट लाइट जल रही थी जिसकी हल्की-हल्की रोशनी हैंडपंप तक आ रही थी। मैंने राजकरन से कहा, "भाई यही एकांत जगह है। हम दोनों यहीं पर अपने जंगल की सफाई कर सकते हैं।"

राजकरन मेरी बात सुनकर मुँह फाड कर मेरी तरफ देखे जा रहा था। वह ऐसे देख रहा था जैसे कुछ कहना चाह रहा हो। मैं उससे पूछ लिया, "अब टकटकी लगाकर क्या देख रहा है। रेजर निकाल कर दे मुझे, पहले मैं अपने

जंगल को नेसफाचट करता हूँ।"

राजकरन तो इसी असमंजस में था कि पहले कौन जंगल की सफाई करेगा। उसने कहा, "पहले मैं सफाई करूँगा।"

"पहले तू क्यों करेगा, पहले मैं करूँगा?" मैंने कहा।

"नहीं पहले मैं करूँगा।" राजकरन ने कहा।

"नहीं पहले मैं।" मैंने कहा।

मेरी और राजकरन की बहस होने लग गयी थी। बहस इसलिए थी कि मैं राजकरन का यूज़ रेजर कैसे इस्तेमाल करूँगा। राजकरन भी यही सोच रहा था कि वह मेरा यूज़ रेजर कैसे इस्तेमाल करेगा। कुछ देर की बहस के बाद हम दोनों ने एक फैसला लिया कि जो रेजर का पैसा देगा वही उसका पहले इस्तेमाल करेगा। राजकरन था कइयाँ इंसान, जब रेजर के पैसा देने की बारी आई तो वह बोला, "पहले तू ही यूज़ कर ले। लेकिन मैं रेजर का पैसा नहीं दूँगा।"

मैंने कहा, "ठीक है, तू रेजर का पैसा नहीं देना।" रेजर मुझको मिल गया। मैं ब्लेड और रेजर को लेकर स्ट्रीट लाइट के पास पहुँच गया। फिर लगभग पाँच मिनट में जैसे-तैसे अपने झाड़ को काटकर सफा कर दिया। अब मेरा इलाका ऐसे लग रहा था जैसे ऊसर जमीन में कभी घास उगी ही न हो। बिल्कुल बंजर एरिया।

अब बारी राजकरन की थी। मैं राजकरन को रेजर देते बोला, "ले भाई, अब तू भी अपने जंगल को साफ कर ले, जब तक मैं किसी खेत में निपट कर आता हूँ।"

राजकरन मुझसे रेजर लेकर स्ट्रीट लाइट के पास अपने एरिया को क्लीन करने चला गया। मैं हैंडपंप के आस-पास खाली बोतल ढूँढढूँढने लग गया। लेकिन कोई बोतल मिली नहीं। लोग कहते हैं कि जरूरत पे कोई चीज नहीं मिलती है। मुझको भी कोई बोतल न मिली। इसलिए मैं एक पॉलिथीन में पानी भरकर नजदीक के खेत में जाकर पैंट खोला ही था। तभी राजकरन जोर से चिल्लाया, "अरे करने मेरे ब्लेड लग गयी। खून बहुत बह रहा है। लगता है मेरी गोटी कट गयी रे।"

जैसे ही मैं राजकरन की आवाज सुना, मेरे हाथ से पॉलिथीन छूट गयी और पानी बह गया। मैं अपने पैंट को पकड़े हुए जल्दी-जल्दी राजकरन के पास आया। मैंने देखा तो राजकरन के सच में ब्लेड लग गयी थी और खून निकल रहा था। मैं पूछा, "कैसे लग गयी बे।"

"कैसे का क्या मतलब है, लग गयी। बहुत खून बह रहा है, कुछ कर न भाई।" राजकरन लगभग रोते हुए बोला।

अब मैं क्या करूँ तू दबाके रख। देखता हूँ कोई कपड़ा मिल जाये तो उसी से बाँध लेना। मैं कुछ देर इधर-उधर कपड़ा ढूँढताढूँढता रहा मगर कोई कपड़ा नहीं मिला। तभी मेरे दिमाग में एक आइडिया आया तो मैंने राजकरन से कहा- "अपनी रुमाल निकाल कर बाँध ले।"

"मेरे पास रुमाल नहीं है।" राजकरन ने ऐसे कहा जैसे रो देगा।

"कैसा आदमी है भाई, रुमाल भी नहीं रखता।"

"तू ही अपनी रुमाल से बाँध दे भाई, बहुत खून बह रहा है, दर्द भी हो रहा है। वरना मैं कल दौड़ नहीं पाऊँगा।" राजकरन मुझसे गिड़गिड़ाते हुए बोला।

मेरे पास रुमाल तो थी लेकिन मैं उसे देना नहीं चाह रहा था। इसलिए मैं इधर-उधर कपड़ा ढूँढढूँढता रहा। जब कोई कपड़ा नहीं मिला तो मजबूरी बस मुझे अपनी रुमाल देनी पड़ी। मैंने राजकरन से कहा, "ले मैं अपनी रुमाल दे रहा हूँ। लेकिन कल मुझे नयी रुमाल चाहिए।"

"अभी बाँध तो सही, कल मैं तुझे नयी रूमाल खरीद कर दे दूँगा।" राजकरन ने कहा।

"अब मुझे बाँधना भी पड़ेगा।" मैं बेमन से कहा।

"और कौन बाँधेगा। तू ही तो मेरा यार है।" राजकरन अपने बहते खून को देखकर कहा।

मैंने कहा, "क्या दिन आ गये हैं। अंधे से गां... मराओ और उसे घर तक छोड़ने भी जाओ। रुमाल भी दो और बाँध भी दो।"

राजकरन का पैंट खून से भीग गया था। ऐसा लग रहा था जैसे उसे एमसी आ गयी हो। मैं जैसे ही उसके तुल्लम में रुमाल बाँधने लगा तो मेरा पैंट नीचे सरक गया। क्योंकि मैं अभी तक अपने पैंट को पहना भी नहीं था। मेरे मुख से फिर से निकल गया, " कैसा जमाना आ गया है। खुद के पिछुवाड़े में आग लगी पड़ी है और दूसरे के हथियार में पानी डाल रहा हूँ। खुद का पैंट सम्भाला नहीं जाता है और दूसरे के हथियार में पट्टी बाँध रहा हूँ।"

मैंने राजकरन के कट में रुमाल बाँधने के बाद अपने पैंट को संभाला, फिर हैंडपंप के पास पहुँचा। फिर से पॉलीथिन ढूँढ कर उसमें पानी भर लिया और खेत की तरफ चल दिया। जाते हुए मैंने राजकरन से पूछा, "तू भी फ्रेश होगा।"

"अभी कम फ्रेश हुआ हूँ, जो अब होऊँगा। तू होकर आ जा।" राजकरन ने कहा।

मैं कुछ देर में फ्रेश होकर आ गया। राजकरन मुझसे बोला, "भाई दर्द बहुत हो रहा था। चलने में भी दिक्कत हो रही है।"

उसकी चाल को देखकर मुझको हँसी आ गयी। मैं हँसते हुए बोला, "क्या बात है भाई, गया था काटने झाड़, लेकिन काट लिया आड़।"

राजकरन मेरी बात सुनकर गुस्सा होते हुए बोला, "यहाँ मेरी गां.... फ़टी पड़ी है और तुझे मजाक सूझ रहा है।"

राजकरन जब गुस्सा हुआ तो मैं शांत हो गया। उसकी चाल देखने लायक थी। उसकी चाल देखकर मुझको जान फ़िल्म के शक्ति कपूर की याद आ गयी थी। जो ठुमक-ठुमक कर चलते हुए बोलता था जीजा जी जै जै।

मुझको राजकरन की चाल से याद आया कि कल हमारी दौड़ है और राजकरन तो जान फ़िल्म के शक्ति कपूर की तरह चल रहा है। मैंने राजकरन से पूछा, "भाई इस चाल में तू कल दौड़ कैसे पायेगा।"

"कल का कल देखेंगे, अभी तू अपनी बकबक तो बंद कर ले।" राजकरन फिर गुस्से में बोला।

"ठीक है भाई, मैं नहीं बोलूँगा।" कहकर मैं चुप हो गया।

रात के ग्यारह बजे हम दोनों पीएसी ग्राउंड में वापस आ गये। वहीं ग्राउंड में एक चादर बिछा कर हम दोनों आराम करने लग गये। पीएसी ग्राउंड में चारों तरफ चादर बिछे हुए थे। भर्ती देखने वाले लड़को से पीएसी ग्राउंड खचाखच भरा हुआ था। रात दो बजे से ही शोरगुल शुरू हो गया। सब लड़के आगे पहुँचने की होड़ में लगे हुए थे।

* * *

सुबह चार बजे भर्ती की प्रक्रिया शुरू हो गयी। तभी अलाउंस किया गया कि जो लड़के लखनऊ के बुचडी ग्राउंड में टेस्ट दिये थे और पास हो गये हैं। उनकी दौड़ बाद में होगी। वो लोग कहीं नहीं जायेंगे। पहले बाराबंकी वाले लड़को की दौड़ हो जाये, फिर उनकी दौड़ होगी।

जो लोग लखनऊ के बुचडी ग्राउंड में टेस्ट दिये थे और पास हो गये थे। उनके पास अब समय ही समय था। हम दोनों के पास भी बहुत समय था। राजकरन ने मुझसे कहा, "करन मुझे भूख लग रही है चल कुछ खा कर आ जाते हैं।"

भूख तो मुझको भी लग रही थी। मैंने भी कहा, "हाँ भाई मुझे भी भूख लग रही है। चलो कुछ खाकर आ जाते हैं।"

हम दोनों पीएसी ग्राउंड से बाहर आ गये। राजकरन की चाल अभी भी वैसे ही थी। वह अपनी टाँगों को चौड़ा करके चल रहा था। उसे देखकर मुझको हँसी आ रही थी। मैं अपनी हँसी को दबाये हुए राजकरन के साथ चल रहा था। हम दोनों मेन गेट के सामने एक ढाबा था उस पर गये। जिसमें अभी-अभी गरमा-गरम पुड़ी छानी गयी थी। मैं और राजकरन उस ढाबे में लगी एक बेंच पर बैठ गये। तभी राजकरन उस ढाबे वाले से पूछा, "वो चचा पूड़ी कैसे दे रहे हो?"

ढ़ाबे वाले ने कहा, "दस रुपये प्लेट है बेटवा?"

"चचा दो प्लेट लगा दो।" मैंने कहा।

पुड़ी खाने के बाद सामने ही फल वाले कि दुकान से हम दोनों ने एक-एक दर्जन केला खरीद लिया। केलों को अपने बैग में डालकर वापस पीएसी ग्राउंड

आ गये। सुबह से दोपहर तक बाराबंकी के लड़कों की दौड़ होती रही। मैंने राजकरन से पूछा, "राजकरन तू दौड़ पायेगा न।"

उसने पूछा, "क्यों?"

"क्योंकि अभी भी तेरी चाल में खनक है। तू उमराव जान की तरह कमर मटका-मटका कर चल रहा है।"

"अबे साले तू अपनी देख, मेरे चाल की फिकर मत कर। मैं उमराव जान जैसे चलूँ या मुन्नी बदनाम जैसे। उससे तुझे क्या?"

मैं राजकरन की बात सुनकर हँसने लग गया। फिर मैंने उससे कहा, "अब रुमाल तो खोल ले, वरना साँप का मुंह बंद रहेगा तो वह फुफकारेगा कैसे?"

"मेरा साँप बहुत ही जहरीला है, उसके फन को बाँधने से भी वह फुफकारता है। तू मेरी चिंता न कर, अपनी सोच।" राजकरन मेरी बोलती को बंद करते हुए बोला।

कुछ ही देर बाद अलाउंस हुआ कि बाराबंकी के लड़कों की दौड़ समाप्त हो गयी है। अब लखनऊ के लड़कों की बारी है। सब लोग एक लाइन में लग जाएँ। मैं और राजकरन उस तरफ भागे जिस तरफ लाइन लग रही थी। हम दोनों लाइन में एक साथ खड़े हो गये। मैं आगे था और राजकरन जस्ट मेरे पीछे। तभी राजकरन ने मुझसे कहा, "करन भाई एक साथ दौड़ेंगे। जिससे हिम्मत बनी रहेगी। और एक साथ पास भी होना है।"

मैंने कहा, "ठीक है, एक साथ ही दौड़ेंगे।"

लेकिन अपना सोचे कभी कुछ होता है। जो होना है वही होगा और वही हुआ भी। अब एक फौजी एक से सौ नम्बर तक के लड़कों को गिनती करके दौड़ के लिये अंदर करने लग गया। मेरा सौवाँ नम्बर आ गया। राजकरन का एक सौ एक नम्बर। मैं और राजकरन अलग हो गये। राजकरन का तो दिल धक् मचा। वह मेरी तरफ देखता रह गया। मैं भी उसकी तरफ देखते हुए दौड़ वाले ग्राउंड में चला गया।

कुछ ही देर में मेरी दौड़ शुरू होनी थी। दस-दस लड़कों की दस लाइन

खड़ी करा दी गयी। जैसे गो हुआ सब लड़के एक ही पल मे रफूचक्कर हो गये। पहले राउंड में लगभग दस लड़के रुक गये। मैं अभी भी दमपेल दौड़ लगा रहा था। दूसरे राउंड में भी लगभग दस से बारह लड़के रुक गये। जब तीसरा राउंड आया तो मेरा भी मन हुआ कि मैं रुक जाऊँ।क्योंकि अब मेरी साँसे मेरे फेफड़ों में समा नहीं रही थी। तभी माइक से आवाज आई। एक ही राउंड बचा है। सब लोग जोर लगाकर दौड़ो। जो दौड़ेगा, वह पास हो जायेगा। अभी समय बचा हुआ है।

तभी मेरे दिमाग में एक बात याद आ गयी कि अगर पंडित जी का कुत्ता मंगल मेरे पीछे लगा होता तो मैं नहीं रुकता। फिर विनोद यादव की कही बात याद आ गयी कि छः-सात मिनट की तो बात है। दम लगा देना यार, पास हो जाओगे। फिर उस रिक्शा वाले की बात याद आयी जिससे मैंने कल ही वादा किया था कि मैं ग्राउंड को फाड़कर निकल जाऊँगा। अब मैंने अपने-आप को संभाला और अपनी रफ्तार को और बढ़ा दिया। दम था कि साथ नहीं दे रहा था। पैर थे कि बढ़ नहीं रहे थे। मगर हिम्मत थी जिसे मैंने छोड़ा नहीं। कुछ ही देर में मैं पास के कॉलम में खड़ा हो गया। मुझे तो अपने-आप विश्वास नहीं हुआ कि मैं पास हो भी गया हूँ। शायद मेरी किस्मत में पास होना लिखा था और मैं पास हो गया।

मैं जब से दौड़ने के लिये राजकरन से अलग हुआ, तब से राजकरन मेरी तरफ ही टकटकी लगाकर देख रहा था। अब मेरे पास होने से उसे खुशी मिली कि नहीं ये तो मैं नहीं जानता । लेकिन उसकी हिम्मत जरूर बढ़ गयी। उसे भी जोश आ गया कि अगर करन पास हो सकता है तो क्या मैं पास नहीं हो सकता । राजकरन खुद ही अपने-आप से सवाल किया। फिर खुद ही जवाब दिया, "क्यों नहीं, मैं भी पास हो सकता हूँ।"

"कल से तो हम दोनों हर बार एक ही प्रण कर रहे हैं, कि ग्राउंड को फाड़कर निकल जायेंगे। करन निकल गया है। अब मेरी बारी है ग्राउंड को फाड़ने की।" राजकरन दृढ़ संकल्प ले चुका था।

हम जितने लोग पास हुए थे उन्हें चिनप(बीम) के टेस्ट लिये एक उस्ताद के

साथ भेज दिया गया। और राजकरन अब दौड़ के मैदान में खड़ा था। वह गो होने का इंतजार कर रहा था। तभी गो हुआ वह नौ दो ग्यारह हो गया। उसने मुझसे जो वादा किया था कि मैं भी ग्राउंड को फाड़कर निकल जाऊँगा। सच में वह भी ग्राउंड को फाड़कर निकल गया। वह भी पास हो गया।

मेरा चिनप(बीम) का भी टेस्ट हो चुका था। फिर आयी बैलेंसिंग की बारी, जिसमें भी मैं पास हो गया। अब फिर से मेरी हाइट नापी गयी और वजन भी किया गया। फिर मेरे शरीर के दो आइडेंटिटी मार्क भी लिखे गये। उसके बाद एक कंप्यूटर के पास ले जाया गया। जहाँ पर फिंगर प्रिंट लगाकर हमारा बायोडाटा भरा गया। इस प्रक्रिया के बाद मैं राजकरन से मिल पाया। मैं बहुत खुश था कि राजकरन के ब्लेड लगने पर भी वह दौड़ में पास हो गया है। मैंने राजकरन को बधाई देते हुए कहा, "धन्य हो मरदे, गोटी कटने के बावजूद भी हिम्मत नहीं हारे और पास हो गये।"

राजकरन हँसते हुए जवाब दिया, "हिम्मत तो हार ही गया था मैं, लेकिन तुझे पास होता देखकर न जाने कौन-सी आग लग गयी, मैं भी पास हो गया।"

कुछ देर के बाद जितने लोग पास हुए थे। उन सभी लोगों को एक-एक टोकन दिया गया। उसके बाद एक उस्ताद ने कहा, "इस टोकन को सम्भाल कर रखना। इसी को दिखाकर कल सुबह पाँच बजे यहाँ पर आ पाओगे। कल आप लोगों का मेडिकल होगा।"

जैसे ही सबको टोकन मिला। सभी लोग पीएसी ग्राउंड से बाहर आ गये। मैं और राजकरन भी बाहर आकर उसी ढ़ाबे पर खाना खाया। जिससे हम दोनों सुबह पूड़ी खाये थे। ढ़ाबे के जस्ट सामने तहसील थी। जहाँ पर बहुत-सी लकड़ी की तखत पड़ी थी। हम दोनों उसी में सो गये।

अध्याय- 10

अगले दिन सुबह तीन बजे उठकर उसी रेलवे के पटरी के हैंडपंप के पास जाकर हम दोनों तैयार होकर पाँच बजे से पहले ही उस जगह पहुँच गये। जहाँ पर हमारा मेडिकल होना था।

जैसे ही पाँच बजकर दस मिनट हुआ। एक लंबी कद-काठी का साँवला रंग रूप का उस्ताद गेट पर खड़ा हो गया। जितने भी लड़के देरी से आ रहे थे। वह उन्हें वहीं रोक कर मुर्गा बना देता था। फिर बोलता था, "अभी भर्ती भी नहीं हुए हो और देर से आने लग गये हो। सबके सब मुर्गा बने हुए और कुकड़ु-कूँ-कुकड़ु-कूँ बोलते हुए गेट के पास इकट्ठा हो जाओ। कोई अंदर नहीं जाएगा।"

जैसे ही पचास-साठ लड़के इकट्ठा हुए। वह उस्ताद आया और मुर्गा बने लड़कों के पिछुवाड़े में एक-एक किक मारता। वह लड़के गेंद की तरह लुढ़कते हुए गेट के अंदर घुस जाते थे।

मैं और राजकरन यह देखकर हँस रहे थे। मुझको विनोद यादव की बात याद आ रही थी। उसने कहा था, "फौज में दिये हुए समय पर पहुँच जाना चाहिए। वरना पनिशमेंट मिलता है। कभी-कभी पिछुवाड़े पर बूट वाली लात भी पड़ जाती है।"

मैंने मन ही मन विनोद यादव को धन्यवाद दिया। क्योंकि उसने जितनी भर्ती देखी थी। उसे भर्ती से जितना ज्ञानार्जन हुआ था। वह बिना किसी गुरु दक्षिणा के मेरी झोली में डाल दिया था। जिसकी वज़ह से मैं आज मुर्गा बनने और पिछुवाड़े में किक खाने से बच गया था।

अब मेडिकल की प्रक्रिया शुरू होने वाली थी। सबसे पहले सब लड़कों को एक लाइन में खड़ा कर दिया गया। एक-एक करके सभी लोग कम्प्यूटर के पास जाते और अपने फिंगर प्रिंट को लगाते थे। जैसे फिंगर प्रिंट मैच हो जाता, मेडिकल के लिये चले जाते। जब मेरा नम्बर आया तो मेरा फिंगर प्रिंट मैच ही नहीं हुआ। जो क्लर्क फिंगर प्रिंट ले रहा था उसने कहा, "तुम्हारा फिंगर प्रिंट

प्रिन्ट मैच नहीं हो रहा है। तुम कल आना।"

मैं लाइन से बाहर हो गया। वहीं पर बैठकर राजकरन के मेडिकल हो जाने का इंतजार करने लग गया। क्योंकि राजकरन का फिंगर प्रिंट मैच हो गया। वह मेडिकल कराने चला गया था।

सबसे पहले राजकरन के हाथ और पैरों को चेक किया गया। फिर आँखों का चेकअप हुआ। अब बारी आई पैंट खुलवाने की।

इस डॉक्टर ने पहले ही हिदायत दे दी थी कि, "मैं जैसे ही तीन कहूँ, तुम लोग एक साथ अपने-अपने पैंट और अंडरवियर नीचे सरका देना। कोई किसी को देखकर हँसेगा नहीं। वरना फिर देख लेना।"

जैसे ही डॉक्टर ने तीन कहा, "सबने अपने पैंट नीचे सरका दिये। राजकरन भी अपना पैंट नीचे सरका दिया। अभी भी उसके टोटी में रुमाल बँधी हुई थी।

डॉक्टर राजकरन की टोटी में रुमाल को देखकर बोला, "क्या तेरा ज्यादा फुफकारता है जो रुमाल बाँध रखा है।"

राजकरन हड़बड़ा कर बोला, "नहीं,नहीं सर कल रात को हम इसकी सफाई कर रहे थे तो ब्लेड लग गया था। इसलिए रुमाल बाँध लिये हैं।"

"तो क्या तुम्हें रुमाल खोलने का भी टाइम नहीं मिला।" डॉक्टर ने कड़क आवाज में राजकरन को डाँटते हुए बोला।

"टाइम तो मिला था सर, मगर हम भूल गये थे।" राजकरन डरते हुए बोला। सब लड़के राजकरन की बात को सुनकर हँस दिये।

डॉक्टर गुस्सा हो गया और बोला, "नालायकों मैंने तुम्हें हँसने से मना किया था न। मुझे मेडिकल कर लेने दो फिर तुम्हें देखता हूँ।"

इतना सुनते ही सब लोगों की घिघ्घी बँध गयी। सब की हँसी एक पल में काफूर हो गयी। तब डॉक्टर ने राजकरन से कहा, "महापुरुष, अब रुमाल खोलेगा कि मैं खोलूँ?"

राजकरन ने कहा, "नहीं सर मैं खुद खोल लूँगा।" और वह झट से रुमाल

खोलकर अपनी जेब में डाल लिया।

डॉक्टर राजकरन के टोटी को देखते हुए बोला, "इतना बड़ा कट लगा है, पहली बार सफाई कर रहा था क्या?"

"नहीं सर कई बार किया है, लेकिन कल रात में सफाई कर रहा था तो ब्लेड लग गयी।"

डॉक्टर राजकरन की गोटियों को टटोलते हुए पूछा, "तेरी दोनों गोटी है कि एक गिर गयी है?"

"दोनों गोटी है सर।" राजकरन हड़बड़ा कर बोला।

जैसे ही राजकरन और उसके साथ के लड़कों का मेडिकल हुआ। डॉक्टर ने उसी उस्ताद को बुला लिया। जो गेट पर देरी से आये लड़कों को मुर्गा बना रहा था। डॉक्टर ने उस उस्ताद से कहा, "इन लड़को को थोड़ा फौजी ट्रेनिंग दे दो।"

फिर क्या था। दो सेकेंड के अंदर ही सबकी फौजी ट्रेनिंग शुरू हो गयी। एक ही पल में सभी लड़के जमीन पर लेटे हुए थे। उनके सारे कपड़े मिट्टी पलीत हो चुके थे। सबके माथे से पसीना चू रहा था। सबके बदन काँपने लग गये थे। फिर भी सबके चेहरे पर मुस्कान बराबर थी।

लगभग दोपहर तीन बजे राजकरन का मेडिकल होने के बाद आधा घंटा तक वह उस्ताद उन सबको ट्रेनिंग देता रहा रहा। जब सबकी ट्रेनिंग समाप्त हुई। सबको प्रवेश पत्र देकर विदा करते हुए कहा गया, कि, "सितंबर के पहले वीक में लखनऊ में आकर अपना मेरिट लिस्ट में नाम देख लेना। जिनका मेरिट लिस्ट में नाम आ गया, समझो वह लोग फौजी बन गया।"

राजकरन खुश होकर मेरे पास आया और मुझे अपना प्रवेश पत्र दिखाते हुए बोला, "भाई मेरा मेडिकल हो गया है। अब मेरिट लिस्ट के आने का इंतजार है। अब मैं इलाहाबाद के लिये निकल जाऊँगा। तुम कल अपना मेडिकल करवा कर गाँव निकल जाना।"

मैं थोड़ा दुःखी हुआ क्योंकि राजकरन चला जायेगा और मैं अकेला पड़ जाऊँगा। फिर भी मैं माहौल को खुशनुमा बनाने के लिये राजकरन से एक सवाल

कर दिया, "साले इलाहाबाद जा रहा है, मेरा रुमाल कब देगा।"

राजकरन ने झट से रुमाल निकाल कर कहा, "ले भाई अपना रुमाल।"

"अबे साले इसमें तूने एमसी का खून लगा रखा है। इसे तू ही रख, मुझे नयी रुमाल चाहिए।"

"ठीक है अगली बार मिलूँगा, तो नयी खरीद कर दे दूँगा।" राजकरन मुस्कुरा कर बोला।

मैंने उससे फिर से पूछा, " डॉक्टर ने तेरी टोटी के घाव को देखकर कुछ नहीं कहा क्या?"

राजकरन हँस कर बोला, "कहा तो, रुमाल क्यों बाँध रखा है। तेरा ज्यादा फुफकारता है क्या?"

"तूने क्या जवाब दिया?" मैंने मुस्कुरा कर पूछा।

"मैं क्या जवाब देता। मैंने कहा, सर कल रात को इसकी सफाई कर रहा था तो ब्लेड लग गयी थी। खून बह रहा था इसलिए रुमाल बाँध लिया था।" राजकरन हँसते हुए बोला।

"फिर?"

"फिर सब लड़के हँस पड़े, और डॉक्टर नाराज हो गया।

फिर तो तुमने देखा ही हैं, ले रगड़ा-ले रगड़ा। आज से ही हमारी फौजी ट्रेनिंग शुरू कर दी सालों ने।"

मैं राजकरन की बात सुनकर हँसने लग गया। राजकरन मेरी तरफ देखकर कहा, "हँस मत भाई, आज मेरी बारी थी, कल तेरी भी हो सकती है।"

राजकरन की बात सुनते ही मैं शांत हो गया। अब राजकरन की चाल में और जोर की खनक थी। वह और टाँगे चौड़ा करके चल रहा था। मैंने उससे पूछा, "कल तो तू ठीक चल रहा था। अब क्यों चौड़ा करके चल रहा है। क्या किसी ने मार लिया है।"

"हाँ, वो जो तेरा ताऊ घंटे भर से पेल रहा था। फिर से घाव हरा हो गया है।" राजकरन मुँह लटका कर बोला।

अब हम दोनों बातचीत करते हुए पीएसी ग्राउंड से बाहर आ गये। राजकरन बोला, "अब मैं चलता हूँ। वरना देर हो जाएगी।"

मैं उससे गले लग कर उसे विदा किया। राजकरन एक रिक्शा में बैठ कर कुछ ही देर में मेरी आँखों से दूर होता चला गया। मैं उसी ढाबे से खाना खाया जिसमें हम दोनों दो दिन से खा रहे थे। फिर तहसील के खाली तखत पर सो गया।

सुबह जल्दी उठकर तैयार होकर मैं पाँच बजे ही मेडिकल ग्राउंड में पहुँच गया। आज भी कुछ लड़के देर से आये थे। उनका स्वागत करने के लिये वही उस्ताद गेट पर खड़ा था। उसने उन लोगों से कहा, "कुत्ते की दुम को कितना भी सीधा करो, वह कभी सीधी नहीं हो सकती है। हमेंशा टेढ़ी की टेढ़ी रहेगी।"

उस्ताद ने फिर से आदेश दिया, "सभी के सभी मुर्गा बन जाओ।"

जैसे ही सारे लड़के मुर्गा बन गये। वह उस्ताद उनसे कुकड़ू-कूँ- कुकड़ू-कूँ बुलवाने लगा। सभी मुर्गे टहल-टहल कर कुकड़ू-कूँ बोल रहे थे। फिर उस्ताद ने उन मुर्गों के पिछवाड़े में एक-एक किक मारी। जिस मुर्गे के पिछुवाड़े में किक पड़ती। वह लुढ़कते हुए गेट के अंदर प्रवेश कर जाता।

अब मेडिकल की प्रक्रिया शुरू हो गयी थी। एक लंबी लाइन लग गयी। सबने कंप्यूटर के पास जाकर अपने-अपने फिंगर प्रिंट को मैच करा कर मेडिकल के लिये अंदर चले गये। आज मेरा फिंगर प्रिंट मैच हो गया था। इसलिए मैं भी मेडिकल के लिये अंदर चला गया। अब हम लोगों का मेडिकल होने लगा।

सबसे पहले मेरे हाथ-पैर और अंगुलियों की चेकिंग हुई। फिर आँखों की चेकिंग के लिये दूसरे डॉक्टर के पास भेज दिया गया। अब एक-एक करके डॉक्टर सभी लड़कों की आँखों की चेकिंग कर रहा था। कुछ दूरी से नंबर पढ़वाने के बाद कलर ब्लाइंड का भी चेक किया गया। अब बारी आई आँख के पुतली चेकिंग की। सब लोग अपनी आँखें को चारों तरफ घूमा कर अपनी पुतलियों को

चेक करा दिये। जब मेरी बारी आई तो मेरी आँखें एक जगह ही स्थिर थी। मैं बहुत कोशिश कर रहा था लेकिन मुझसे मेरी आँखों की पुतलियों को घुमाते ही नहीं बन रहा था। तब उस डॉक्टर ने मुझसे कहा, "आज तक तू किसी लड़की को चोर नज़र से नहीं देखा है क्या? जो तेरी आँखें लेफ्ट-राइट नहीं घूम रही है।"

"नहीं सर, आज तक मैंने किसी लड़की को लेफ्ट-राइट से नहीं देखा। सिर्फ मैं उन्हें सामने से देखा हूँ।" मैं अपनी गर्दन को नीचा करके बोला।

मेरी बात सुनकर डॉक्टर और मेरे साथ मेडिकल करा रहे लड़के हँसने लग गये। फिर डॉक्टर ने कहा, "वाह यार तू तो सिर्फ सामने से लड़कियों को देखता है। अगर लेफ्ट-राइट से भी देखता तो आज तेरी आँखें भी लेफ्ट-राइट और ऊपर-नीचे हो जाती और तू मेडिकल में पास हो जाता। लेकिन तूने तो गलती कर दी। जब मुझसे मेरी आँखें नहीं घूमी तब डॉक्टर ने मुझको अपने पास बुलाकर मेरी ठुड्डी पकड़ ली। फिर बोला, "अब घुमा अपनी आँखों को।"

डॉक्टर साब के पकड़ने के बावजूद मेरी आँखें नहीं घूम रही थी। मैं अपनी पूरी की पूरी गर्दन को घुमा रहा था। डॉक्टर मुझ पर गुस्सा हो गया और खींच कर मेरे कान के नीचे दो थप्पड़ जड़ दिया। मेरा चेहरा झन्ना गया। दो थप्पड़ लगाने के बाद डॉक्टर बोला, "चल उधर बैठ कर प्रैक्टिस कर, तू यह सोचना की तेरे चारों तरफ लड़कियाँ बैठी है और तू उन्हें चोर नज़र से देख रहा है।"

दो थप्पड़ खाते ही मेरे आँखों की पुतलियाँ अपने-आप ही घूमने लग गयी। अब मैं गर्दन को सीधा रख कर अपने लेफ्ट-राइट, ऊपर-नीचे चारों तरफ देख पा रहा था। जब सब लोगों की आँखों का मेडिकल हो गया तो डॉक्टर मुझे फिर से बुलाया और कहा, "सीधा देखने वाले लड़के इधर आ। लास्ट चान्स है।अगर आँख नहीं घूमी तो तू अनफिट होकर घूमेगा।"

मैं डर गया कि शायद मैं अनफिट न हो जाऊँ। अबकी डॉक्टर ने मुझे दूर खड़ा करके अपने हाथ की बड़ी ऊँगली को लेफ्ट किया। मेरी आँख लेफ्ट घूम गयी। जब डॉक्टर साब ने अपनी ऊँगली को राइट किया तो मैंने अपनी आँख को राइट घूमा दिया। अब डॉक्टर साब ने अपनी ऊँगली को ऊपर की तरफ किया। मेरी आँख ऊपर की तरफ घूम गयी। फिर डॉक्टर ने अपनी ऊँगली का

इशारा नीचे की तरफ किया। मेरी आँख नीचे की तरफ घूम गयी। तब डॉक्टर साब बोले, "दो ही थप्पड़ में आँख लेफ्ट-राइट और ऊपर-नीचे होने लग गयी। लगता है तू थप्पड़ का ही भूखा था।" अब मैं क्या बोलता। मैं चुप ही रहा। अब मैं आँखों के मेडिकल में भी पास हो गया था।

अब बारी आयी अपनी गोटी और टोटी को चेक कराने की। हम सब लोगों को अब दूसरे डॉक्टर साब के पास भेज दिया गया। वो डॉक्टर साब थापा थे। उन्होंने कहा, "मैं जैसे ही तीन गिनूँगा, सब के सब अपने पैंट उतार देना। कोई हँसेगा नहीं, वरना सबका भूत बना दूँगा।"

सब लड़के शांत होकर उनकी बात सुन रहे थे। जैसे ही डॉक्टर साब ने तीन कहा, "सबने अपने-अपने पैंट उतार दिये।"

डॉक्टर साब की नज़र सबसे पहले एक लड़के के ऊपर गयी। जिसने अपने जंगल को साफ नहीं किया था। डॉक्टर गुस्सा हो गया और बोला, "भोतली के इनको साफ क्यों नहीं किया है। इनको मैं साफ कलूँगा क्या? ऐसे ही जंगल रखेगा तो जूँ पल जायेंगे।"फिर उन्होंने उस लौंडे के चार-पाँच थप्पड़ जड़ते हुए बोले, "ये थप्पड़ तुझे याद दिलायेगा कि मेडिकल के लिये जाने से पहले इसकी साफ-सफाई भी कलनी पलटी है।"

उस लड़के का चेहरा झन्ना गया था। उसे मार खाता देखकर हम सब लोगों को हँसी आ गयी। मगर सबने अपनी हँसी को दबा लिया। अब डॉक्टर साब बोले, "अपने-अपने तोपा को खोलो।"

अब तोपा क्या होता है ये किसी को समझ मे नहीं आया। इसलिए हम सब लोग एक-दूसरे की तरफ़ देखने लग गये। डॉक्टर साब हम लोगों की भावनाओं को समझ गये और बोले, "बिल्कुल नमूने ही हो तुम सब लोग क्या? तुम्हें यह भी नहीं मालूम कि तोपा क्या होता है?"

"नहीं मालूम सर।" सबने एक साथ कहा।

डॉक्टर साब समझ गये कि हम लड़के बिल्कुल टोपा ही है इसलिए उन्होंने कहा, "अपने टोटी के ढक्कन को खोलो।"

सब लोगों ने अपने टोटी के स्किन को पीछे कर दिया। एक लड़के के टोटी में इतनी गंध लगी थी कि उसको देखकर डॉक्टर बिलबिला गया। वह गुस्से में उस लड़के को गाली देते हुए बोला, "भोतली के कभी तो इसको खोलकर साफ कर लिया होता। इतना गंध मचा रखा है। इतने गंध से तेरा लिंग ही सड़ जाएगा। कभी-कभी अपने हाथ का इस्तेमाल भी कर लिया कर, नहीं तो तेरे बैरल में जंग लग जायेगा।" अच्छा ये बता आज तक तूने कभी अपनी बैरल की सफाई भी किया है कि नहीं ?"

"किया हूँ सर।" उस लड़के ने जवाब दिया।

"घंटा किया है, ये सालों की गंध लगी हुई है। और कहता है सफाई किया हूँ सर।" डॉक्टर उस लड़के को डाँटते हुए बोला। फिर डॉक्टर ने उस लड़के से कहा, "भाग यहाँ से दो मिनट में बाथरूम से धोकर आ। वरना अभी के अभी अनफिट कर दूँगा।"

वह लड़का अपने पैंट को पहनते हुए बाथरूम की तरफ भागा। डॉक्टर बोला, "कैसे-कैसे लोग आ जाते हैं यहाँ पर, कितना गंध मचा रखा है।"

फिर डॉक्टर ने हैंड ग्लब्स पहनकर हम सबकी गोटियों को टटोल-टटोल कर जाँच किया, कि किसी की गोटी कम तो नहीं है। जब डॉक्टर ने इत्मिनान कर लिया कि सबकी दोनों गोटी है। तब उसने कहा, " तुम सब लोग मेडिकल में पास हो गये हो।"

डॉक्टर की बात सुनकर हम सब लोग खुश हो गये। हम सबका मेडिकल हो चुका था। सब लोग बहुत खुश थे कि मेडिकल में हम लोग फिट हो गये हैं। अब हमें प्रवेश पत्र लेने के लिये भेज दिया गया। जैसे ही हम लोग प्रवेश पत्र लेने के लिये गये। कम्प्यूटर खराब हो गया। इसलिए आदेश यह हुआ कि आप सभी को कल प्रवेश पत्र मिलेगा। एक दिन और तुम लोगों को गोंडा में रुकना पड़ेगा। अगले दिन प्रवेश पत्र लेकर खुशी-खुशी हम सब लोग अपने-अपने घर आ गये। अब सभी लड़को को मेरिट लिस्ट आने का इंतजार था। मुझे मेरिट लिस्ट में अपना नाम आने का इंतजार था।

अध्याय- 11

अक्टूबर महीने के पहले हफ्ते में मेरिट लिस्ट निकल गयी। मैं और राजकरन पास हो गये थे। यह खबर भी राजकरन ने ही मुझको दी थी। इलाहाबाद में रहने का यही तो फायदा था कि उसे हर एक खबर मिल जाती थी। और मैं गाँव में रहकर हर बार इन खबरों से चूक जाता था। राजकरन ने मुझको अक्टूबर के पहले ही वीक में फोन किया। जैसे ही मैंने फोन रिसीव किया, वह खुश होकर बोला, "भाई हम दोनों फौजी बन गये। हम दोनों का नाम मेरिट लिस्ट में आ गया है।"

राजकरन ने जैसे ही मुझे बताया कि हम दोनों पास हो गये हैं। हम दोनों का नाम मेरिट लिस्ट में है। मैं खुशी से उछल पड़ा और कहा, "सच?"

"हाँ भाई सच, आज तक मैंने तुझे जो खबर दी है वह सच ही तो दी है। आज भी सच ही कह रहा हूँ। अभी-अभी मैं अपना और तेरा नाम मेरिट लिस्ट में देख कर, सबसे पहले तुझे ही फोन किया हूँ। मैं अभी भी लखनऊ में ही हूँ।" राजकरन सफाई देते हुए बोला।

मैं खुश होकर राजकरन से कहा, "मैं भी कल अपना नाम मेरिट लिस्ट में देखने के लिये लखनऊ आ रहा हूँ।"

"तू तो आयेगा ही, क्योंकि तुझे मेरी बात का भरोसा नहीं है।" राजकरन मुस्कुरा कर बोला।

मैं भी खुश होकर बोला, "ऐसी बात नहीं है यार, इस मौके को मैं भी इंजॉय करना चाहता हूँ, भाई। तुझे तो पता है कि अपना रिजल्ट अपनी आँखों से देखने का अलग ही मजा है।"

"हाँ भाई, अपनी आँखों से अपना रिजल्ट देखने का अलग ही मजा है, कल लखनऊ आकर तू भी मजा ले जाना।" राजकरन मुझको व्यंग मारते हुए कहा।

मैं राजकरन के व्यंग को मुस्कुरा कर सुन रहा था । जैसे ही मेरी राजकरन से बात खत्म हुई। मैं सबसे पहले अपने पास होने की खबर अपने बाबू जी को बताई। आज मेरे बाबू जी इतना खुश हुए कि मुझको अपने सीने से लगाते हुए बोले, "मैं तुझे निकम्मा समझ रहा था । लेकिन आज तूने साबित कर दिया कि तू निकम्मा नहीं है। आज तूने मेरा सीना चौड़ा कर दिया है।"

मैं भी बहुत खुश था । सालों बाद बाबू जी मुझे अपने सीने से लगाये थे। उनके सीने से लगकर मुझे आज बहुत सकून मिला था। क्योंकि इससे पहले मुझे याद नहीं कि मैं कब उनके सीने से लगा था। लेकिन आज मुझे बहुत ही अच्छा लग रहा था। फिर मैंने अपने बाबू जी से कहा, "कल मुझे मेरिट में नाम देखने लखनऊ जाना है बाबू जी।"

उन्होंने कहा, "शौक से जाओ बेटा।"

अगले दिन ही मैं लखनऊ के लिये निकल गया। लखनऊ पहुँच कर मैं भर्ती सेंटर के बोर्ड पर मेरिट लिस्ट में अपना नाम देखकर उछल पड़ा। मुझे राजकरन ने जब बताया था कि मैं पास हो गया हूँ। मेरा नाम मेरिट लिस्ट में है। मैं खुश हुआ था । लेकिन अब खुद अपनी आँखों से मेरिट लिस्ट में अपना नाम देखकर मुझको जो खुशी मिली, मैं बयाँ भी नहीं कर सकता । मेरिट लिस्ट में मुझे मेरा नाम ऐसे लग रहा था जैसे कहीं स्वर्ण अक्षरों में मेरा नाम लिखा गया हो। मैं खुश होकर नोटिस बोर्ड में चारों तरफ अपनी आँखों को घुमाया। उसी बोर्ड पर एक आवश्यक सूचना भी लिखी थी। एक नवम्बर से सात नवम्बर के बीच में सभी लोग आकर अपना-अपना कॉल लेटर ले जायेंगे। कॉल लेटर बाई पोस्ट नहीं भेजा जायेगा। कॉल लेटर बाई हैण्ड दिया जायेगा।

मैंने वहाँ बैठे एक उस्ताद से पूछा, " सर, क्या कॉल लेटर खुद आकर यहाँ से लेना पड़ेगा।"

उस उस्ताद ने जवाब दिया, "हाँ एक नवम्बर से सात नवम्बर के बीच किसी भी दिन आकर अपना कॉल लेटर ले जाना। सात नवम्बर के बाद आना भी नहीं।"

अब मैंने अपने बाबू जी को फोन करके बता दिया कि, "बाबू जी, सच

में मेरा नाम मेरिट लिस्ट में है।" वो बहुत खुश हुए और बोले, "गाँव में मिठाई बँटवाने का इंतजाम करता हूँ।"

मेरे बाबू जी क्यों न मिठाई बँटवाने का इंतजाम करते। उनका निकम्मा बेटा आज फौज में सिपाही बन गया है। जिसकी उन्हें कभी उम्मीद ही नहीं थी। आज मेरे बाबू जी बहुत खुश थे। उन्होंने यह बात सबसे पहले अपने पड़ोसी गोवर्धन को बताई। उन्होंने गोवर्धन चचा से कहा, "गोवर्धन तुम जिसकी हर दिन शिकायत करते थे कि मेरा बेटा करन दिन भर फ़िलिम देखता है। खुद तो पढ़ता नहीं है। और गाँव के लौंडो को भी फिलिम दिखाकर बर्बाद कर रहा है। वह फौजी बन गया। वह पास हो गया है।"

गोवर्धन चचा आश्चर्य चकित होकर बोले, "सच?"

"हाँ सच, तुझे क्या लग रहा है मैं झूठ बोल रहा हूँ।" मेरे बाबू जी ने कहा।

"नहीं मेरा वो मतलब नहीं था। मैं तो सिर्फ कन्फर्म करना चाह रहा था कि सच में करन आर्मी में भर्ती हो गया।" गोवर्धन चचा ने कहा।

अब मेरे बाबू जी गोवर्धन चचा को बता कर अपने घर आ गये। गोवर्धन चचा ने यह खबर पूरे गाँव में फैला दिया कि करन फौजी बन गया है। वह आर्मी की सभी परीक्षाओं को पास कर लिया है।

मेरे गाँव के लोग मेरे बाबू जी को बधाई देने आने लग गये। लोगों को बधाई देते देखकर बाबू जी का सीना छप्पन इंच से भी ज्यादा चौड़ा हो रहा था। गाँव के लोगों को इस बात से कोई सरोकार नहीं है कि मैं फौज में सिपाही बन गया हूँ। उन्हें इस बात की खुशी मिल रही थी चलो अब कोई तो ऐसा है। जो छुट्टी में आयेगा तो फौजी दारू पीने को जरूर मिलेगी। उनमें से एक थे खुद गोवर्धन चचा।

जैसे ही मैं लखनऊ से वापस अपने गाँव पहुँचा, सबसे पहले मुझे मिल गये गोवर्धन चाचा। उन्होंने मुझको रोक लिया और कहा, "फौजी बेटा राम-राम।"

मैं उनके राम-राम का जवाब, "राम-राम चचा कहकर दिया।"

"अब फौजी बन गये हो। इसलिए हम अभी से कहे देते हैं कि जब छुट्टी

आओगे। हमें एक बोतल चाहिए।" गोवर्धन चचा एक फरमाइश करते हुए बोले।

"क्या चाहिए एक बोतल?" मैं समझ कर भी न समझी करते हुए पूछा।

गोवर्धन चचा ने हाथ के इशारे से कहा, "वही फौजी खम्बा।"

"अरे यार चचा पहले ट्रेनिंग पर तो जाने दीजिए। फिर उसके बाद मैं जरूर आपको एक बोतल लाकर दूँगा।" मैं खीझ कर बोला।

"एक बोतल से काम नहीं चलेगा। जब भी छुट्टी में आओगे तब हमें तुमसे हर बार एक बोतल चाहिए।" गोवर्धन चचा ने ऐसे कहा जैसे बोतल लेना उनका हक है।

मैं गोवर्धन चचा से जान छुड़ाने के लिये बोल दिया, "हाँ चचा जरूर, मैं आपको हर छुट्टी में एक बोतल दूँगा। अब मैं चलूँ।" कहकर मैं वहाँ से खिसक लिया।

मैं मन ही मन गोवर्धन चचा को गरियाते हुए कहा, "बिरियानी पकी भी नहीं और मुल्ला आ गये दावत खाने।" यही चचा हर रोज मेरी शिकायत मेरे बाबू जी से करते थे कि मैं बिगड़ गया हूँ। दिनभर फिलिम देखता हूँ और आवारा गर्दी करता हूँ। मेरा चक्कर वर्षा के साथ चल रहा है। अब इन्हें फौजी खम्बा चाहिए।"

मैंने मन ही मन सोचा अगर मैं कुछ देर और गोवर्धन चचा के पास रुक जाता तो वो ये भी कहते, "बेटा हर महीने दारू की बोतल और अपनी पेमेंट भी मुझे भेज दिया करना। मुझे सिर्फ इतना ही चाहिए।"

गोवर्धन चचा से जान छुड़ाकर मैं अपने घर आ गया। मेरे घर में खुशियों का माहौल था। सब लोगों को इस बात की खुशी थी कि मुझे सरकारी नौकरी मिल गयी है। लेकिन उन लोगों को क्या पता कि फौज की नौकरी और ट्रेनिंग में क्या-क्या होता है। मुझको भी नहीं पता इसलिए मैं भी खुश था।

पंद्रह दिन बीत गया। इन पन्द्रह में मुझसे जो भी आदमी मिलता बड़े अदब से बात करता था। इससे पहले तो मेरे गाँव के सभी लोग मुझे निकम्मा और आवारा ही समझते थे। लेकिन अब सबकी नजरो में मेरी इज्जत बढ़ गयी थी।

पंद्रह दिन ऐसे बीते जैसे मैं कोई सेलिब्रिटी हूँ। सब लोग मेरी इज्जत करने लगे तब। मैं गाँव में जिधर भी जाता सब लोग बड़े प्यार और सत्कार से मुझे अपने पास बैठाते थे।

अध्याय-12

नवम्बर महीने की पहली तारीख कल है, और आज एक दिन पहले ही मैं कॉल लेटर लेने लखनऊ के लिये निकल गया। मैं बहुत खुश था कि कल मुझे मेरा कॉल लेटर मिल जायेगा। लखनऊ पहुँच कर मैंने सोचा एक बार भर्ती सेंटर जाकर पता लगा लिया जाए कि कल सुबह कितने बजे कॉल लेटर के लिये आना पड़ेगा। मैं चारबाग रेलवे स्टेशन से भर्ती सेंटर पैदल ही चला गया। मैं भर्ती सेंटर पर ड्यूटी दे रहे एक फौजी सर से पूछा, "सर, कल कितने बजे कॉल लेटर लेने आ जाएँ।"

उस फौजी सिपाही ने जवाब दिया, "कल सुबह सात बजे आ जाना। देर नहीं करना, वरना फिर अगले दिन ही कॉल लेटर मिलेगा।"

मैंने फौजी सर की बात को कंठस्थ किया और वापस चारबाग स्टेशन पर आ गया। यही ऐसी जगह थी जहाँ पर मुझे और मेरे जैसे लड़कों के रुकने की जगह थी। रात स्टेशन में बिताकर सुबह ही मैं भर्ती सेंटर पहुँच गया।

भर्ती सेंटर के मेन गेट पर ड्यूटी दे रहे दो सिपाही सभी लड़को का प्रवेश पत्र चेक करके, उन्हें अंदर जाने दे रहे थे। मैं भी अपना प्रवेश पत्र चेक कराकर अंदर चला गया। कुछ देर के बाद एक उस्ताद आये और बोले, "अभी कॉल लेटर मिलने में समय लगेगा। जब तक आप लोग, इस एरिया की घास को जड़ से उखाड़ डालो।"

हमें उस उस्ताद का आदेश ऐसे लगा था जैसे प्रभू श्रीराम ने अपनी वानर सेना को आदेश दिया हो, "हे! मेरी वानर सेना, लंका के राक्षसों पर टूट पड़ो और लंका से राक्षसों को जड़ से उखाड़ फेंको। कोई भी राक्षस अब इस धरती पर नहीं दिखना चाहिए। और वानर सेना राक्षसों पर टूट पड़ी हो। वैसे ही उस उस्ताद के कहने पर सारे लड़के उनके बताये एरिया की घास पर टूट पड़े। एक घंटे में उस एरिया में घास का एक तिनका भी नहीं दिखाई दे रहा था। वह एरिया घास विहीन हो गया था।

जैसे ही एरिया साफ हुआ। वही उस्ताद आकर बोले, "अब आप लोग वापस जा सकते हैं। कुछ कारण बस आज आप लोगों को कॉल लेटर नहीं मिल पायेगा। कल सुबह सात बजे आ जाना। कोई भी लड़का कल देर नहीं करेगा, वरना फिर उसे अगले दिन अपने कॉल लेटर लेने के लिये आना पड़ेगा।"

सब लड़के निराश होकर अपने-अपने आशियाने की तरफ चल दिये। मेरा आशियाना तो चारबाग़ रेलवे स्टेशन था। मैं वहीं आ गया। सिर्फ मैं ही नहीं मेरे जैसे लगभग सत्तर परसेंट लड़कों का आशियाना चारबाग़ रेलवे स्टेशन था। वो लोग भी वहीं पर आ गये थे।

दोपहर हो गयी थी। मैं स्टेशन के बाहर एक रेस्टोरेंट में खाना खाकर वापस स्टेशन आ गया। कुछ देर इधर-उधर घूमने के बाद मैंने अचानक अपने पैंट की पिछली जेब में हाथ डाला, जेब खाली था। जेब खाली देखकर मेरे होश उड़ गये। मेरे मुख से अनायास निकला, "हे भगवान, मेरा प्रवेश पत्र और पैसे?"

मैंने जल्दी-जल्दी अपने सभी जेब कई बार चेक कर लिया। लेकिन न तो प्रवेश पत्र मिला न ही पैसे। अब मैं परेशान होकर इधर-उधर प्रवेश पत्र ढूँढ़ने लग गया। लेकिन इतने बड़े लखनऊ में वह कहाँ मिलता। मैं सबसे पहले उस रेस्टोरेंट में गया, जहाँ खाना खाया था। मैं अपने प्रवेश पत्र को उस टेबल के आस-पास ढूँढ़ने लगा। जिस पर मैं बैठकर खाना खाया था। जब मेरा प्रवेश पत्र वहाँ नहीं मिला तो मैं निराश होकर रेस्टोरेंट वाले से पूछा, "भइया यहाँ पर मेरा प्रवेश पत्र तो नहीं मिला, साथ में पैसे भी थे।"

रेस्टोरेंट के मालिक ने जवाब दिया, "नहीं, यहाँ कोई प्रवेश पत्र-वत्र नहीं मिला।"

"फिर भी शायद किसी को मिला हो?" मैं विनती करते हुए रेस्टोरेंट वाले से बोला।

"नहीं भाई, यहाँ पर कोई प्रवेश पत्र नहीं मिला। कहीं और गिरा दिये होंगे, और हमारा माथा खराब करने आ गये हो। भागो यहाँ से बेवजह भीड़ बढ़ा रहे हो।" रेस्टोरेंट का मालिक बेरुखी से जवाब दिया।

जब रेस्टोरेंट में प्रवेश पत्र नहीं मिला तो मैं निराश होकर अपने भर्ती सेंटर

की तरफ भागा। मुझे लग रहा था कि शायद मेरा प्रवेश पत्र कहीं रास्ते में गिर गया होगा और वह मुझे मिल जायेगा। इसलिए मैं अपने प्रवेश पत्र को ढूँढ़ने भर्ती सेंटर तक पैदल ही निकल गया। मेरी आँखें रास्ते में पड़े हर एक चीज को स्कैन कर रही थी। कूड़ा, करकट, पेपर, कागज मैं सबको देखे जा रहा था। मगर मुझे मेरा प्रवेश पत्र नहीं मिला। मैं परेशान और हताश इधर-उधर उसे ढूँढे जा रहा था। मेरे प्रवेश पत्र को गुम होना था वह गुम हो गया। मुझको उसे ढूँढना था मैं परेशान होकर उसे ढूँढ रहा था। अब तब मैं कई चक्कर चारबाग़ स्टेशन, भर्ती सेंटर, रेस्टोरेंट और भी कई जगह जहाँ-जहाँ मैं गया था। प्रवेश पत्र को ढूँढता रहा। जब प्रवेश पत्र नहीं मिला और मैं थक-हार गया तब अपने बाबू जी को फोन किया। जैसे ही बाबू जी ने रिसीव किया। मैंने कहा, "हैलो।"

बाबू जी खुश होकर बोले, "हाँ बेटा कैसे हो, कॉल लेटर मिल गया कि नहीं?"

मैं भर्राई आवाज में बोला, "बाबू जी कॉल लेटर कल मिलेगा।"

"कौनो बात नहीं बेटा, कल मिलेगा तो कल लेकर आना, अपना और अपने डॉक्यूमेंट को संभाल कर रखना।" बाबू जी हिदायत देते हुए बोले।

"बाबू जी मेरा प्रवेश पत्र और पैसा कहीं गिर गया या चोरी हो गया है, मिल नहीं रहा है।" मैं रुँधे हुए कंठ से बोला।

बाबू जी को एक पल के लिये साँप सूँघ गया था। मुझको ऐसे लगा कि कहीं उनका हार्ट तो फेल नहीं हो गया। मैं फोन पर ही चिल्लाने लगा, "बाबू जी, बाबू जी।"

बाबू जी कुछ ही पल में अपने आपको संभालते हुए और मुझ पर बरसते हुए बोले, "निकम्मा का निकम्मा रह गया तू। कब लापरवाही छोड़ेगा और अपनी जिम्मेदारी समझेगा। लोगों को नौकरी मिलती नहीं है। तुझे मिली, तो तू उसे गँवाने पर तुला हुआ है।"

मैं रोते हुए बोला, "बाबू जी मैंने तो सम्भाल कर रखा था मगर पता नहीं प्रवेश पत्र कैसे गुम हो गया। मुझे मालूम ही नहीं चला।"

हुड़दंग

मुझको रोता हुआ देखकर बाबू जी का चढ़ा हुआ पारा एकदम नीचे उतर आया फिर वो शांत होकर बोले, "कोई बात नहीं बेटा चिंता न करो । जो होना था वह तो हो गया । एक बार भर्ती सेंटर में जाकर उनको बताना की सर मेरा प्रवेश पत्र गिर गया है । अब मुझे क्या करना चाहिए । वो लोग कुछ तो सुझाव देंगे ही ।"

"ठीक है बाबू जी, मैं अभी भर्ती सेंटर जाता हूँ ।" मैंने कहा ।

बाबू जी ने फिर मुझसे पूछा, "पैसा कुछ बचा है कि सब के सब गिर गये हैं ?"

मैंने उनसे कहा, "बाबू जी जितने पैसे सामने के जेब मे थे वही बचे हैं । इतने पैसों से काम चल जाएगा । अब मैं भर्ती सेंटर जा रहा हूँ ।" कहकर मैंने फोन काट दिया ।

फोन काटते ही मैं भर्ती सेंटर की तरफ दौड़ पड़ा । बाबू जी दुःखी मन से यह खबर मेरे बड़े भाई को दी । कुछ ही देर में यह खबर पूरे गाँव मे फैल गयी कि करन ने अपना प्रवेश पत्र गुम कर दिया है । कुछ दिन पहले जो लोग बधाई देने मेरे घर पर आये थे, अब वो लोग ताना मारने आने लग गये ।

वही गोवर्धन चचा जिनको हर छुट्टी में मुझसे एक फौजी खम्बा चाहिए था । मेरे घर आकर मेरे बाबू जी से बोले, "सच में आपका लौंडा बिल्कुल लापरवाह है । जो लौंडा अपने डॉक्यूमेंट नहीं सम्भाल सकता है वह देश क्या संभालेगा । इसकी लापरवाही से तो बार्डर से दुश्मन घुस आयेंगे ।"

मेरे पिता जी का तो वैसे ही दिमाग खराब था वो बोले, "गोवर्धन तुझे देश की फिक्र है या फौजी दारू की फिक्र है । मेरे बेटे का प्रवेश पत्र गुम हो गया तो इसका मतलब यह नहीं की उसकी लापरवाही से बॉर्डर में दुश्मन घुस आयेंगे ।"

किसी बाप के सामने कोई आदमी उसके बेटे की बुराई करे, उस बाप को ये कतई मंजूर नहीं होता है । यह बात मेरे पिता जी को भी मंजूर न था कि उनके बेटे की कोई बुराई करे और इतना बड़ा आरोप लगा दे कि मेरी लापरवाही से बॉर्डर से दुश्मन घुस आयेंगे । उन्होंने गोवर्धन चचा को खरी-खोटी सुना दी थी । वो मुँह लटका कर भाग खड़े हुए थे ।

फिर आये भवानी प्रसाद और मेरे बाबू जी से बोले, "का हो सुमेर सुना है तुम्हार करनवा लखनऊ में अपना प्रवेश पत्र गिरा दिहिस है। इस लरिका का कुछ नहीं हो सकत है। अब का होई? मिली हुई नौकरी भी हाथ से गयी।"

मेरे बाबू जी क्या करते, वो कितने लोगों का मुँह बंद करते। उन्हें मेरी वजह से लोगों की कड़वी बातें सुननी पड़ रही थी। फिर भी वो लोगों को मुँह तोड़ जवाब दे रहे थे। उन्होंने भवानी प्रसाद को जवाब दिया, "जो हमारे करन के किस्मत में लिखा होगा वही होगा। तुम्हें मठाधीश बनने की जरूरत नहीं है।"

अब भवानी प्रसाद के पास भी कुछ नहीं बचा था वो बोले, "होगा का नौकरी गयी समझो।"

"नौकरी हमारे करन की जायेगी, तुम्हें ज्यादा हमदर्दी दिखाने की जरूरत नहीं है भवानी।" बाबू जी गुस्से में बोले।

बाबू जी की बातें सुनकर भवानी प्रसाद भी मुँह लटका कर निकल लिये। ऐसे ही बहुत से लोग व्यंगों भरे तीर मुझको मार रहे थे, लेकिन वो तीर सीधा मेरे बाबू जी के सीने में चुभ रहे थे। मेरे बाबू जी, भैया-भाभी सब लोग दुःखी थे। मेरे प्रवेश पत्र खोने से ज्यादा लोगों के कटु वचन उन्हें दुखी और परेशान कर रहे थे।

मैं निराश और हताश होकर शाम को सात बजे भर्ती सेंटर पहुँचा। मैंने मेन गेट पर ड्यूटी दे रहे एक फौजी सर से पूछा, "सर मेरा प्रवेश पत्र कहीं खो गया है। अब मैं क्या करूँ?"

उस फौजी सिपाही ने कहा, "बड़े लापरवाह हो भाई, एक प्रवेश पत्र नहीं सम्भाल सकते।" फिर उन्होंने कहा, " वो सामने हमारे एसएम साब (सूबेदार मेजर) हैं, उनसे पूछ लो? वो सही जानकारी दे देंगे।"

मैं जल्दी से एसएम साब के पास पहुँच गया और बोला, "सर मेरा प्रवेश पत्र खो गया है, अब मुझे क्या करना होगा?"

एसएम साब बोले, "बेटा निराश मत हो, तुम रुके कहाँ हो?"

"सर चारबाग रेलवे स्टेशन में।" मैंने जवाब दिया।

"तुम जीआरपीएफ से या किसी पुलिस थाने से एक एफआईआर रिपोर्ट लिखा कर ले आओ। जिसमें लिखा हो कि तुम्हारा प्रवेश पत्र खो गया है। उसी के आधार पर आपको आपका कॉल लेटर मिल जाएगा। दुःखी होने की कोई बात नहीं है।" एसएम साब मुझको सांत्वना देते हुए बोले।

अब मेरे चेहरे पर फिर से रौनक लौट आयी थी। भर्ती सेंटर से बाहर निकलते ही मैंने सबसे पहले अपने बाबू जी को फ़ोन करके उन्हें बताते हुए कहा, "बाबू जी चिंता की कोई बात नहीं है। मैं भर्ती सेंटर में एसएम साब से मिला था। उन्होंने कहा है कि, "जीआरपीएफ से एफआईआर रिपोर्ट लिखा कर ले आओ की तुम्हारा प्रवेश पत्र चोरी हो गया है। उसी एफआईआर से तुम्हारा सारा काम हो जायेगा। चिन्ता करने की कोई बात नहीं है।"

अब तक मेरे घर में मातम मचा हुआ था। सब लोग निराश बैठे थे। अब थोड़ा-सा सबको राहत मिली। मेरे बाबू जी खुश हो गये, उन्होंने मुझसे कहा, "जाओ फिर जीआरपीएफ में एफआईआर रिपोर्ट लिखा दो, और एफआईआर की एक कापी ले लेना। हाँ और जैसे ही एफआईआर की कापी मिल जाये, मुझे बता देना की एफआईआर की कापी मिल गयी है।"

"ठीक है बाबू जी।" कहकर मैंने फोन काट दिया।

जैसे ही मैं चारबाग रेलवे स्टेशन की तरह जाने को हुआ भर्ती सेंटर के गेट के बाहर ही मुझे राजकरन मिल गया। मैं कुछ बोलता उससे पहले राजकरन मुझसे पूछ लिया, "कल से फोन लगा रहा हूँ करन। तेरा फोन ही नहीं लग रहा है।"

"मैं भी तुझे फोन लगा रहा था। तेरा भी नहीं लगा।" मैंने जवाब देते हुए कहा।

राजकरन ने फिर से सवाल किया, "तुझे कॉल लेटर मिला कि नहीं।"

"नहीं यार, नहीं मिला, कल के लिये बुलाया है।" मैं मुँह लटकाये हुए बोला।

"तू मुँह लटका के क्यों बोल रहा है, तबीयत तो ठीक है न तेरी?" राजकरन

मेरे तर-बतर शरीर और लटके हुए चेहरे को देखकर पूछा।

"हाँ तबीयत ठीक है।" मैंने कहा।

"फिर क्यों लूटी हुई औरत कि तरह मुँह लटकाया हुआ है। जैसे किसी ने अभी-अभी जबरदस्ती तेरे साथ सुहागरात मनाई हो।" राजकरन मेरी टाँग खींचते हुए बोला।

"यार मेरा प्रवेश पत्र और पैसा गिर गया है। इसलिए थोड़ा परेशान हूँ।" मैं दुखी मन से बोला।

"कहाँ लुटा दिया रे, अपना प्रवेश पत्र और पैसा।" राजकरन चौंक कर बोला।

"मुझे पता होता कि मेरा प्रवेश पत्र और पैसा कहाँ और किसने लुटा है तो उससे ले नहीं आता।" मैं गुस्से में बोला।

"अब क्या होगा?" राजकरन ने मुझसे पूछा।

"जीआरपीएफ जा रहा हूँ एफआईआर लिखाने।" मैंने कहा।

"एफआईआर से क्या होगा?" राजकरन पूरी बात को जानने के अंदाज़ में फिर मुझसे पूछा।

अभी एसएम साहब से मिलकर आ रहा हूँ। उन्होंने कहा है, "कि एफआईआर लिखाकर ले आओ। उससे कॉल लेटर मिल जाएगा।"

"अच्छा फिर खड़ा क्यों है, चल जल्दी जीआरपीएफ एफआईआर लिखाते हैं?" राजकरन उत्सुक होकर बोला।

हम दोनों चारबाग़ रेलवे स्टेशन के लिये निकल लिये। राजकरन मुस्कुरा कर बोला, "अबे लौंडे जब तुझको पता था कि प्रवेश पत्र खो जाने से तेरी नौकरी जा सकती है तो उसे सम्भाल कर क्यों नहीं रखा।"

"तुझे भी तो पता था कि अपने आँड काट लेने से मेडिकल में अनफिट हो सकता है फिर क्यों अपना आँड काट लिया था।" मैं बेतुका सा उदाहरण देते हुए कहा।

"वो गलती से कट गया था यार, और मेरे ऑड से तेरे प्रवेश पत्र का क्या ताल्लुक।" राजकरन हँसते हुए मुझसे पूछा।

"ताल्लुक है। जैसे तेरे ऑड कट गये थे, वैसे ही मेरी जेब कट गयी है।"

"वो सिट, स्टेशन में बहुत से जेब कतरे होते हैं। सच में किसी ने तेरे जेब से पैसा और प्रवेश पत्र निकाल लिया होगा।" राजकरन ऐसे बोला जैसे अभी-अभी उसे स्टेशन के जेब कतरो के बारे में दिव्य जानकारी प्राप्त हुई हो।

"हाँ, यार हो सकता है, किसी जेब कतरे ने मेरी जेब में अपना हाथ साफ कर दिया हो।"

"अपना हाथ नहीं बे, तेरा जेब साफ कर दिया है। अच्छा बता प्रेवेश पत्र रखा कहाँ था?" राजकरन ने जासूसी भरे अंदाज में फिर से मुझसे सवाल किया।

"पैंट के पीछे वाले जेब में।" मैंने कहा।

"अबे साले और जगह नहीं मिली थी जो पिछुवाड़े में प्रवेश पत्र और पैसा घुसा रखा था। अच्छा हुआ सिर्फ पैसा और प्रवेश पत्र ही गया है। किसी ने तेरी गां.........नहीं मारी।" राजकरन हँसते हुए बोला।

"बहुत हुआ यार अब चुप भी कर ले, जिस काम के लिये जा रहे हैं पहले उसे तो कर लेते हैं।" मैं मुस्कुरा कर बोल रहा था। मुझे खुद अपनी किस्मत और बेवकूफी दोनों पर हँसी आ रही थी।

राजकरन मुझको मुस्कराता देखकर मुझे डाँटते हुए बोला, "भाई का सब कुछ लूट गया है फिर भी मुस्कुरा रहा है। हट कमीने मुस्कुराना बंद कर।"

मेरा अभी भी मुस्कुराना बंद नहीं हुआ। मेरे मुख से एक बेतुकी सी शाइरी निकल गयी। जिसको किसी शायर ने लिखा है या नहीं, यह मुझको भी नहीं मालूम, मैं सिर्फ बोल गया, "जब खुदाया रब ने लिखा है कि तुझे लूटना ही पड़ेगा, तो मैं क्या कर सकता हूँ लूट गया।"

मैं और राजकरन दोनों बकचोदी करते हुए चारबाग रेलवे स्टेशन पहुँच गये। मुझसे ज्यादा राजकरन को मेरी चिंता हो रही थी। उसने कई लोगों से पूछा, "सर जीआरपीएफ कहाँ है।" बहरहाल हम दोनों जीआरपीएफ पहुँच गये।

अध्याय-13

जीआरपीएफ के गेट के अंदर घुसते ही सामने एक इंस्पेक्टर साब बैठे थे। राजकरन ने कहा, "सर एक एफआईआर(रिपोर्ट) लिखानी है।"

उस इंस्पेक्टर ने कहा, "कैसी एफआईआर?"

"सर मेरा प्रवेश पत्र गिर गया है उसकी एफआईआर लिखवानी है।" मैंने कहा।

"जहाँ प्रवेश पत्र गिरा कर आये हो वहीं जाकर एफआईआर लिखाओ। यहाँ रिपोर्ट-उपोर्ट नहीं लिखी जाएगी। जिसे देखो वही चला आता है मुँह उठा के एफआईआर लिखाने। यहाँ सिर्फ रेलवे स्टेशन में हुई चोरी-चमारी का रिपोर्ट लिखते हैं हम लोग।"

तभी राजकरन तपाक से बोल पड़ा, "सर स्टेशन में ही तो चोरी हुई है। इसका किसी पॉकिटमार ने पैसा और प्रवेश पत्र चोरी कर लिया है। जब से प्रवेश पत्र चोरी हुआ है इसका माथा फिर गया है। चोरी और गिरने में कोई अंतर ही नहीं समझ रहा है। अगर आप इसकी एफआईआर नहीं लिखेंगे तो बेचारे की नौकरी मिलने से पहले चली जायेगी।"

"कौन-सी नौकरी मिल गयी इस लफंगे को?" वह इंस्पेक्टर मेरी तरफ देखकर राजकरन की बात पर अविश्वास करते हुए पूछा।

"सर फौज की नौकरी मिली है लौंडे को।" राजकरन भी मौज लेते हुए बोला।

इंसपेक्टर बोला, "ऐसे लापरवाह लौंडे फौज में गये तो फौज का बेड़ा गर्क समझो।"

"सर मैं लापरवाह नहीं हूँ, गलती हो गयी मुझसे। जो मैं अपने प्रवेश पत्र को, पैसों के साथ पैंट की पिछली जेब में डाल लिया था। जेबकतरा पैसा और प्रवेश पत्र दोनों ले उड़ा।" मैं मुँह लटका कर बोला।

"अब मुँह लटकाने से क्या होगा। तेरी नौकरी का सवाल है, इसलिए एफआईआर बना रहा हूँ। वरना बेपरवाह लोगों की मैं रिपोर्ट नहीं बनाता हूँ।" इंस्पेक्टर मुझको डाँटते हुए बोला।

अब इंस्पेक्टर साब ने मुझसे पूछा, "कहाँ और कैसे चोरी हुआ है?"

मैं अपना सारा वृतांत इंस्पेक्टर साब को बता दिया था। उन्होंने मेरी एफआईआर लिख ली और मुझको एफआईआर की एक कॉपी भी दे दी। एफआईआर की कापी पाकर मैं बहुत खुश हो गया। और अपने बाबू जी को फोन करके बता दिया, " कि मुझको एफआईआर की कापी मिल गयी है।"

अगले दिन मैं और राजकरन दिये हुए समय पर भर्ती सेंटर पहुँच गये। राजकरन अपना प्रवेश पत्र दिखा कर सेंटर में दाखिल हो गया। मैं अपनी एफआईआर रिपोर्ट दिखा करके। सुबह सात बजे से लेकर शाम के चार बजे तक सबके कॉल लेटर बनने में समय लग गया। सबके कॉल लेटर बनने के बाद शाम चार बजे हम सबको कॉल लेटर मिले। मैं बहुत खुश था कि प्रवेश पत्र की चोरी के बावजूद मुझे कॉल लेटर मिल गया है। मैं और राजकरन कॉल लेटर लेकर चारबाग रेलवे स्टेशन के लिये निकल पड़े। स्टेशन में पहुँच कर राजकरन बोला, "करन भाई अब अपने डॉक्यूमेंट को सम्भाल कर रखना। बड़ी मुश्किल से ये नौकरी मिली है।"

"यार एक बार गलती हो गयी तो क्या हर बार वही गलती होती रहेगी। तू अब चिंता मत कर, मैं अपने डॉक्युमेंट सम्भाल लूँगा।"

"ठीक है करन, अब मैं इलाहाबाद के लिये निकलता हूँ।" राजकरन ने कहा।

"ठीक है राजकरन भाई जाओ।" कहकर मैंने उसे गले लगा लिया।

राजकरन जाते-जाते फिर से मुझे समझाते हुए कहा, "सँभल कर रहना, यहाँ चोर बहुत है।"

"ठीक है अब मैं सँभल कर रहूँगा।" मैंने कहा।

इलाहाबाद की ट्रेन आ चुकी थी। राजकरन ट्रेन में बैठकर इलाहाबाद

के लिये निकल गया। मैं अकेला ही रह गया मुझको भूख बहुत लगी थी मगर मेरे पास ज्यादा पैसे नहीं थे। इसलिए खाना न खाकर मैं गाँव जाने की तैयारी करने लग गया।

*** * * ***

शाम का समय हो रहा था। अब बस का भी मिलना मुश्किल था और मेरे पास बस के लिये किराया भी नहीं बचा था। इसलिए मैंने प्लान बनाया की मैं ट्रेन से कानपुर जाऊँगा, वहाँ से फतेहपुर। फिर फतेहपुर से गाँव निकल जाऊँगा। मैं कभी ट्रेन में भी बैठा नहीं था तो इसलिए मेरा मन भी कर रहा था कि मैं ट्रेन में बैठूँ। ट्रेन से जाने में किराया भी नहीं लगेगा और मैं अपने गाँव भी पहुँच जाऊँगा। क्योंकि मैंने राजकरन से एक बार पूछा था कि, "ट्रेन में किराया कितना लगता है।"

राजकरन ने जवाब दिया था, "कुछ भी नहीं। हाँ अगर टीटीने पकड़ लिया तो उससे टिकट बनवानी पड़ेगी।"

इसलिए मैं बिना टिकट लिये ही ट्रेन में बैठ गया। मैं पहली बार ट्रेन में सफर करने जा रहा था। मेरे साथ भर्ती हो चुके बहुत से लड़के भी उसी ट्रेन में बैठकर वापस कानपुर जा रहे थे। मैं उन्हीं लड़को के साथ एक जनरल बोगी में बैठ गया था। कुछ ही देर में उस बोगी में इतना भीड़ हो गयी कि पाँव रखने का भी जगह नहीं था। मैं सहमा-सा उस बोगी में बैठा रहा। तभी मेरे साथ भर्ती हो चुके एक लड़के ने मुझसे पूछा, "टिकट लिये हो?"

"अभी नहीं लिये हैं, जब कंडक्टर आयेगा तो ले लूँगा।" मैंने मासूमियत से बोला।

वह लड़का हँसने हुए बोला, "अरे भाई, ट्रेन में कोई कंडक्टर नहीं आता है। टीटी आता है। वह टिकट भी नहीं काटता है सिर्फ टिकट चेक करता है। अगर टीटी आयेगा तो तुम हमारे साथ हो लेना। वरना पेनाल्टी पेल देगा।"

"टीटी टिकट क्यों नहीं देगा?" मैं डरते हुए उस लड़के से सवाल किया।

वह लड़का मेरे बेवकूफी भरे सवाल पर फिर से हँसते हुए बोला, "क्योंकि

ट्रेन का टिकट, टिकट काउंटर पर मिलता है।"

फिर उस लड़के ने मुझसे फिर पूछा, "ट्रेन में पहली बार बैठे हो न?"

"हाँ पहली बार है भाई।" मैंने जवाब दिया।

"जाना कहाँ है?" उस लड़के ने फिर से पूछा।

"फतेहपुर।"

"मुझे भी फतेहपुर जाना है।" उस लड़के ने कहा।

उस लड़के ने फिर से पूछा, "नाम क्या है तुम्हारा।"

"मेरा नाम करन सिंह है।"

"और तुम्हारा नाम क्या है?" मैंने भी उस लड़के से पूछ लिया।

उस लड़के ने बताया, "मेरा नाम धीरेंद्र सिंह है।"

मेरी और धीरेंद्र की ट्रेन में ही दोस्ती हो गयी। अब मुझको एक दोस्त मिल गया। हम दोनों बातें करते हुए कानपुर आ गये। शुकर रहा कि टीटी टिकट चेक करने ही नहीं आया। वरना मेरे पास पैसा भी नहीं था कि मैं टिकट ले पाता और उसकी पेनाल्टी भी दे पाता।

कानपुर पहुँच कर मैं और धीरेंद्र स्टेशन के बाहर आ गये। धीरेंद्र ने मुझसे कहा, "करन मैं इंक्वारी ऑफिस से फतेहपुर की ट्रेन के बारे में पता करके आता हूँ।"

मैंने कहा, "तू रुक भाई मैं पता करके आता हूँ।"

इंक्वायरी ऑफिस सामने ही थी। जिसके पास बहुत भीड़ थी। मैं अपने नोकिया के मोबाइल में हेडफोन लगाकर एफएम से गाना सुनते हुए इंक्वायरी ऑफिस के पास पहुँचा। मैं जैसे ही भीड़ में घुस कर फतेहपुर की ट्रेन के बारे में पूछा? मेरे कान में बज रहा गाना बंद हो गया। मैं ट्रेन का पता लगाकर भीड़ से बाहर आया तो देखा मेरा हेडफोन मेरे जेब से बाहर लटक रहा है। मैं जैसे ही अपनी पैंट के जेब में हाथ डालकर मोबाइल को चेक किया। मोबाइल गायब

था । मेरा दिल धक्क मचा और मेरे मुँह से निकला, "है भगवान मेरा मोबाइल भी चोरी हो गया ।"

मेरे मोबाइल को भी किसी जेब कतरे ने उड़ा दिया था । मैं भाग कर धीरेंद्र के पास आया और बोला, "धीरेंद्र भाई मेरा मोबाइल चोरी हो गया, मेरे नम्बर पर फोन लगाना ।"

धीरेंद्र ने अपना फोन निकाला । मैंने जल्दी-जल्दी अपना नम्बर बोल दिया और धीरेंद्र मेरे नम्बर पर कॉल करने लग गया । मोबाइल स्विच-ऑफ हो चुका था ।

धीरेंद्र बोला, "ये है कानपुर सेंट्रल, यहाँ सेकेण्डों में जेबकतरे गला काट कर चैन छीन लेते हैं भाई, तुम्हारा फोन गया । अब वह नहीं मिलने वाला । मोबाइल को अब छोड़ो और ये बताओ कि ट्रेन कितने बजे की है?"

मैं अपने माथे का पसीना पोंछते हुए बोला, "सुबह चार बजे ।"

चार बजने में लगभग दो घंटे का समय था । मैं शांत होकर वहीं पर धीरेंद्र के साथ बैठ गया । मैं मन ही मन बोला, "साला ये सब मेरे साथ ही क्यों हो रहा है । एक दिन पहले प्रवेश पत्र चोरी हो गया और अब मोबाइल । आसमान से गिरे और खजूर में अटके ।"

मैं धीरेंद्र सिंह से यह भी नहीं बता सकता था कि एक दिन पहले मेरा प्रवेश पत्र और पैसे भी चोरी हो गये थे अब मोबाइल चोरी हो गया है । अब मैं ट्रेन के आने का इंतजार करने लग गया ॥

चार बजे चौरी-चौरा ट्रेन लग चुकी थी । हम दोनों फिर से बिना टिकट उस ट्रेन में बैठकर फतेहपुर के लिये निकल लिये । फतेहपुर पहुँच कर मैंने धीरेंद्र से हाथ मिलाया । फिर मैं अपने गाँव की बस पकड़ लिया और धीरेंद्र अपने गाँव की ।

अध्याय-14

कॉल लेटर मिलने के बाद ये निर्देश दिये गये थे कि सभी लड़के यूपी बोर्ड से हाईस्कूल-इंटरमीडिएट और तहसील से निवास प्रमाण पत्र का समय पर जाकर वेरिफिकेशन करवा लेना । और दिसम्बर महीने के दस तारीख से बीस तारीख के बीच में किसी भी दिन आ जाना । जो लड़का जिस दिन आ जाएगा उसको उसी दिन ट्रेनिंग के लिये उसके ट्रेनिंग सेंटर भेज दिया जायेगा ।

मैं इलाहाबाद जाकर यूपी बोर्ड से अपने हाईस्कूल और इंटरमीडिएट के डॉक्यूमेंट का वेरिफिकेशन करवा आया । अब बची थी निवास प्रमाण पत्र की बारी । जिसका वेरिफिकेशन लेटर अभी तक मेरे तहसील में आया ही नहीं था । मैं रोज तहसील जाता और पता करता कि मेरा वेरिफिकेशन लेटर आया कि नहीं । तहसीलदार बोलता, "नहीं आया ।"

दिन-ब-दिन दिसम्बर की दस तारीख नजदीक आती जा रहा था । मैं हर दिन तहसील के चक्कर लगाये जा रहा था । अब मैंने यह निश्चय किया कि मैं लखनऊ जाकर पता लगा कर आता हूँ कि मेरा निवास प्रमाण पत्र का वेरिफिकेशन लेटर भेजा भी गया है कि नहीं । मैं घर से लखनऊ के लिये निकल पड़ा । लखनऊ का रास्ता मेरे तहसील से होकर जाता था । इसलिए मैंने सोचा एक बार और पता कर लेता हूँ तहसील में कि मेरा वेरिफिकेशन लेटर आज आया कि नहीं । अगर नहीं आया होगा तो उसी समय लखनऊ निकल जाऊँगा ।

जैसे ही मैं तहसीलदार के दफ्तर पहुँचा । मेरे पूछने से पहले तहसीलदार ने कहा, "आओ करन आओ आज तुम्हारा वेरिफिकेशन लेटर आ गया है । कई दिनों से तुम मेरी गां... में चरस बो रखे थे ।"

गैं खुश होकर बोला, "सर आज ही मेरा वेरिफिकेशन करवा दीजिए?"

"भाई तहसील के काम तो अपने समय पर ही होता है । अब लेटर आ गया है तो वेरिफिकेशन भी हो जायेगा । तुम चिंता न करो ।" तहसीलदार ने कहा ।

"सर प्लीज बहुत जरूरी है, इसलिए आपसे रिक्वेस्ट कर रहा हूँ। आज ही मेरा वेरिफिकेशन करवा दीजिए।" मैं तहसीलदार से विनती करते हुए बोला।

तहसीलदार फिर से कहा, "भाई तहसील के काम किसी के रिक्वेस्ट से नहीं चलता है। सारा काम अपने समय पर होता है अब तुम जाओ मैं तुम्हारा वेरिफिकेशन करवा कर भेजवा दूँगा।"

मैं दुखी होकर तहसीलदार की ऑफिस से बाहर आ गया। तभी एक आदमी आकर बोला, "आज और अभी वेरिफिकेशन करवाना है तो पैसे लगेंगे।"

"कितना लगेगा?" मैंने उस आदमी से पूछा।

"पाँच सौ रुपये?" उस आदमी ने कहा।

"पाँच सौ बहुत ज्यादा है। दो सौ रुपये दूँगा।" मैंने कहा।

"दो सौ रुपये, मैं कोई भीख नहीं माँग रहा हूँ। काम करवाने के पैसे माँग रहा हूँ। पाँच सौ दो तो तहसीलदार से बात करूँ?" उस आदमी ने फिर से कहा।

"अच्छा तीन सौ ले लेना लेकिन मेरा काम अभी करवा दो।" मैं उस आदमी से मोल-भाव करते हुए बोला।

"चौर सौ दो तो बताओ, वरना अपना रास्ता नापो।" उस आदमी ने कहा।

चार सौ रुपये में बात पक्की हो गयी। वह आदमी एक घंटे में मेरे निवास प्रमाण पत्र का वेरिफिकेशन करवाकर मेरे हाथ मे दे दिया और बोला, "इसे अभी के अभी स्पीड पोस्ट कर देना। दो से तीन दिन में पहुँच जायेगा।"

मैं अपने निवास प्रमाण पत्र का वेरिफिकेशन लेटर लेकर पोस्ट-ऑफिस की तरफ़ खुश होकर निकल गया। साथ ही तहसीलदार को गाली भी दे रहा था कि कितना कमीना आदमी है तहसीलदार। कह रहा था कि तहसील के काम अपने समय पर होते हैं, किसी की रिक्वेस्ट से नहीं। पैसा पाते ही सारे नियम की बत्ती बना कर अपने पिछुवाड़े मे खोंस कर काम कर दिया। चलो कुछ भी हो मेरा काम हो गया। मैं अपने वेरिफिकेशन लेटर को स्पीड पोस्ट करके वापस अपने घर आ गया।

✦✦✦

 हुड़दंग

आज बारह दिसम्बर है मैं सुबह से वर्षा के घर के चक्कर काट रहा था। मैं वर्षा को जी भर के देख लेना चाह रहा था। क्योंकि कल मैं ट्रेनिंग के लिये चला जाऊँगा। फिर कई महीने तक मैं वर्षा को देख नहीं पाऊँगा। आज दिन में मैं वर्षा को लगभग चार बार देखा भी। मैं जितनी बार वर्षा को देखता उतनी बार मेरे दिल को ठंढक मिलती, उतनी बार मुझे सकून मिलता। मैंने एक पल के लिये सोचा भी लिया कि मैं वर्षा के पास जाकर उससे बात करता हूँ। लेकिन फिर मेरी हिम्मत नहीं हो रही थी। मुझे डर था कि मैं वर्षा के घर गया तो लोग बात का बतंगड़ बना देंगे। और मेरे ट्रेनिंग के दौरान वर्षा लोगो के ताने सुनती रहे। आज मुझे ऐसा भी लग रहा था कि वर्षा का भी चेहरा उतरा हुआ है। इससे पहले मैं जब भी वर्षा को देखता था। उसके चेहरे में अजीब-सी चमक आ जाती थी और वो मुस्कुरा देती थी। मगर आज उसके चेरे में मुझे कोई चमक नहीं दिखी। न ही वह मेरी तरफ देखकर मुस्कुराई। मैं निराश होकर अपने घर आ गया।

मैं रात भर सोचता रहा और भगवान से विनती करता रहा, "भगवान कल मेरे जाते समय मुझे वर्षा की एक झलक दिखला देना। आपकी बहुत कृपा होगी।" इसी विनती और वर्षा को अपने आँखों में बसाये मैं रात भर जागता रह गया। मुझे नींद ही नहीं आयी।

सुबह मैं नहा-धोकर लखनऊ जाने के लिये तैयार हो गया। इस बार मेरे बाबू जी कोई रिस्क नहीं लेना चाह रहे थे। इसलिए आज मेरे साथ मेरे बड़े भाई भी मुझे लखनऊ तक छोड़ने के लिये जाने वाले थे। मैं अभी भी भगवान से एक ही विनती कर रहा था कि , "भगवन जाते समय एक झलक वर्षा की दिखा देना।"

ये क्या ऊपर वाले ने मेरी सुन भी ली। आज वर्षा खुद मेरे घर आ गयी। वह खुश होकर बोली, "करन तुम तो फौजी बन गये। तुम्हें तो पता है कि फौजी मुझे कितने प्यारे लगते हैं।"

वर्षा की बात सुनकर मेरे घरवाले हँसने लग गये।

मैंने भी मुस्कुरा दिया। वर्षा फिर बोली, "कभी-कभी मुझे भी फोन कर लिया करना।"

मैंने कहा, "मेरे पास तुम्हारा नम्बर नहीं है।"

"तो लिख लो मेरा नम्बर।" वर्षा ने कहा।

"मेरे पास मोबाइल भी नहीं है।" मैंने जवाब दिया।

"मोबाइल क्या हो गया, तुम्हारा?" वर्षा ने मुझसे पूछा।

"मेरा मोबाइल चोरी हो गया था कानपुर में।" मैं शरमाते हुए बोला। क्योंकि मैंने अपने मोबाइल की चोरी की बात वर्षा को नहीं बताया था।

"कोई बात नहीं मेरा नम्बर किसी कागज में लिख लो। जब कभी मौका मिले तो कॉल कर लेना।" वर्षा मुझसे बोली।

मैं वर्षा की बात सुनकर दंग रह गया था। मगर आज वर्षा न शरमा रही, न ही चुप हो रही थी। वह तो सीधे और सबके सामने मुझको अपना नम्बर दे रही थी। मैं वर्षा का नम्बर पाकर बहुत खुश था। मन ही मन कहा, "चलो वर्षा ने खुद कहा है कि मैं उसे कॉल कर सकता हूँ। अब जब भी मौका मिलेगा मैं उससे बात कर लिया करूँगा। क्योंकि इससे पहले जब भी मैं वर्षा से नम्बर माँगता तो वह कहती थी, "हम सिर्फ कॉलेज में ही मिलेंगे और यही पर बात करेंगे, मोबाइल पर नहीं। क्योंकि मेरा मोबाइल मेरे पापा के पास रहता है।"

लखनऊ जाने का समय हो गया था। मैं अपने बाबू जी के और भाभी के पैर छूकर अपने बड़े भाई के साथ लखनऊ के लिये निकल पड़ा। मेरे बाबू जी, वर्षा और भाभी मुझको देखते रहे। उन सबकी आँखों में नमी आ गयी थी।

मुझे तो सिर्फ वर्षा और उसका मुरझाया चेहरा ही दिख रहा था। मुझको ऐसा लग रहा था कि वर्षा के आँखों में आँसू भी आ गये हैं। फिर मुझे लगा, ये सब मेरा भ्रम है। वर्षा को तो आज खुश होना चाहिए। लेकिन जैसे ही मैं जाने लगा उसने अपने हाथ की हथेली से अपने आँसुओं को पोंछते दिखी। मैं बस में बैठकर सिर्फ वर्षा के बारे में सोचता रहा। लखनऊ कब आया मुझे पता ही नहीं चला। लखनऊ पहुँच कर मेरे भइया ने मुझे नया मोबाइल खरीद दिया और हिदायत दी कि, "ट्रेनिंग में ध्यान देना, फोन पर वर्षा से ही बातें न करते रहना।"

मैंने जैसे ही अपने बड़े भाई की बात को सुना। मेरे मन से कुछ देर के लिये

वर्षा का खयाल गायब हो गया।

लखनऊ पहुँच कर रात चारबार रेलवे स्टेशन में बिताने के बाद मैं और मेरे भइया सुबह सात बजे भर्ती सेंटर पहुँच गये। मैं भर्ती सेंटर के अंदर गया और मेरे भइया बाहर रह गये।

भर्ती सेंटर के अंदर बहुत सारे लड़के आ गये थे उनके साथ उनके परिजन भी आये थे। वो सभी लोग बाहर हम सब का इंतजार कर रहे थे।

कुछ ही देर में क्लर्क आया और सब लड़को को उनके ट्रेनिंग सेंटर के हिसाब से लाइन में बैठा दिया। फिर सबके डॉक्यूमेंट चेक करने के बाद सबको एक-एक फार्म देते हुए उसने हिदायत दी और कहा, "मैं जैसे-जैसे तुम्हें बताऊँगा, तुम सब लोग अपने-अपने फार्म भरते जाना। कोई लड़का जल्दबाजी नहीं करेगा। अगर किसी ने फॉर्म भरने में गलती की तो समझो मैं भी गलती कर दूँगा। फिर तो समझते ही हो फौज की गलती का नतीजा क्या होता है।"

फौज की गलती का नतीजा अब तो मुझको कुछ-कुछ समझ आने लगा था। उस क्लर्क के बताये अनुसार सब लड़को ने अपना-अपना फार्म भरना शुरू कर दिया। किसी ने कोई गलती नहीं की। क्लर्क हम लोगों को जो बताता गया हम लोग फार्म में लिखते गये। सारी कार्यवाही में सुबह से शाम के साढ़े चार बज गये। जब सारे डॉक्यूमेंट तैयार हो गये तब आयी लास्ट प्रक्रिया बाकी बारी।

सभी लड़को को फिर से एक लाइन में खड़ा कर दिया गया। सामने कम्प्यूटर था। अब आखरी बार फिर से फिंगर-प्रिंट मैच करवाना था। सभी लड़के कम्प्यूटर के पास जाते फिंगर-प्रिंट मसीन में अपना अंगूठा रखते उनका बायोडाटा कम्प्यूटर में आ जाता। एक-एक करके सब लड़को का फिंगर प्रिंट मैच हो गया। जैसे ही मेरी बारी आयी, मैंने अपना अंगूठा फिंगर प्रिंट मसीन में रखा। ये क्या? मेरा फिंगर मैच नहीं हुआ। क्लर्क बोला, "दुबारा अपना अंगूठा रखो।"

मैंने फिर से फिंगर-प्रिंट मसीन में अंगूठा रख दिया, फिर भी अंगूठा मैच नहीं हुआ। उस क्लर्क ने कहा, "अंगूठे को साफ करके फिर से रखो।"

मैंने अपने अंगूठे को साफ करके फिर से रख दिया। लेकिन अबकी बार भी मेरा अंगूठा मैच नहीं हुआ। मेरे दिल में धक्क मचा। मैंने मन में कहा, "हे भगवान ऐसा मेरे साथ ही क्या हो रहा है।"

तब तक उस क्लर्क ने ये जानकारी अपने सीओ साब को दे दी। वो आ गये। उन्होंने मुझको डराते हुए कहा, "बेटा अब तो तू जेल जायेगा, तू सच बता तेरी जगह पर दौड़ किसने किया था। तू किसी को पैसा देकर तो भर्ती नहीं हुआ है न?"

मैं डर गया, मन में सोचने लगा, लगता है जेल जाना ही पड़ेगा। मैं जा रहा था देश सेवा के लिये, लगता है देशद्रोही बन जाऊँगा। इतना सोचकर मेरी रूह काँप गयी। मैं सीओ साब के सवाल का जवाब देते हुए बोला, "सर मैं खुद ही दौड़ा हूँ। मैंने भर्ती होने के लिये किसी को पैसा भी नहीं दिया।"

सीओ साब ने फिर मुझसे पूछा, "अच्छा बता बेटे, तेरे हाथ पैर का मेडिकल वो लम्बा-सा गोरा डॉक्टर ने किया था।"

मैंने जवाब दिया, "नहीं सर मेरे हाथ पैर का मेडिकल सबसे छोटे डॉक्टर ने किया था, उनका रंग भी गोरा नहीं था वो बिल्कुल काले रंग के थे।"

सीओ साब ने फिर से मुझसे सवाल किया, "तेरी गोटियों को कौन से डॉक्टर ने चेक किया है?"

"सर उन डॉक्टर का नाम तो मुझे नहीं मालूम, लेकिन वो थापा जैसे लगते थे।" मैंने कहा।

जब मैंने सीओ साब की इन्क्वयरी के सही जवाब दे दिया तो वो बोले, "जल्दी से अपना शर्ट उतार बच्चे।"

मेरा शरीर अभी भी काँप रहा था। मैं जल्दी से अपना शर्ट उतार दिया। मेरे शरीर के जो आइडेंटिटी मार्क मेडिकल के दिन लिखे गये थे। वो चेक किये गये। मेरे आइडेंटिटी मार्क तो सही मिल रहे थे। सीओ साब ने कहा, "आइडेंटिटी मार्क तो मिल रहे हैं। एक बार और फिंगर-प्रिंट मैच कराओ इसका, अगर नहीं होता तो ये घर वापस जायेगा और साथ ही जेल।"

मैं पहले से ही काँप रहा था। जैसे ही सीओ साब ने कहा, "घर वापस जाएगा और साथ ही जेल।" मेरे माथे से पासीना बहने लगा। एक ही पल में मेरी सारी जिंदगी बदलने वाली थी। मैं कभी ये सोचा ही नहीं था कि मेरे साथ ऐसा भी कुछ हो सकता है। मुझे उस दिन भी इतना डर नहीं लगा था जिस दिन मेरा प्रवेश पत्र गुम हुआ था। लेकिन आज तो मैं जेल जा सकता हूँ। सिर्फ एक फिंगर प्रिंट न मैच होने की वजह से। मैंने एक ही सेकेंड में लाखों देवी-देवताओं को याद कर लिया। मैंने उन सभी देवी-देवताओं से मन ही मन कहा, "प्रभु अगर मेरी किस्मत में फौजी बनना नहीं लिखा तो यही सही, मगर मेरे ऊपर इतना बड़ा कलंक तो मत लगाओ। जब आपने मेरा साथ देकर यहाँ तक पहुँचा दिया है तो अब क्यों साथ छोड़ रहे हो। एक कृपा और कर दो प्रभू, मेरा फिंगर-प्रिंट मैच हो जाये। वरना मैं किसी को क्या मुँह दिखाऊँगा। न मैं घर का रहूँगा न घाट का।"

मैं अभी देवी-देवताओं से मन ही मन मिन्नतें कर ही रहा था कि उस क्लर्क ने कहा, "एक बार अपने अंगूठे में थूक लगाकर अच्छे से साफ कर ले बच्चे। अबकी मैच हुआ तो ठीक वरना घर जाने को तैयार रहना।"

मैंने अपने अंगूठे को अपने जीभ में लगाकर उसे अच्छी तरह गीला किया फिर पैंट में रगड़ कर साफ करके आँखें बंद करते हुए फिंगर-प्रिंट मसीन में अंगूठा रख दिया। जैसे ही मैंने अंगूठा रखा मेरा बायोडाटा कम्प्यूटर स्क्रीन पर आ गया। क्लर्क जोर से चिल्लाया, "मैच हो गया साब जी इसका फिंगर-प्रिंट।"

सीओ साब ने कहा, "किस्मत वाला है लड़का, भेज दो सबको इसके ट्रेनिंग सेंटर।"

जैसे ही क्लर्क की आवाज मेरे कान में गयी मैं उछल पड़ा। मेरी खुशी का कोई ठिकाना नहीं रहा। मैं उन सभी देवी-देवताओं को धन्यवाद देता रहा। जिनसे मैं कुछ देर पहले मिन्नतें कर रहा था।

जितने लड़के थे सबका फिंगर-प्रिंट मैच हो चुका था। अब हर एक ग्रुप के एक-एक सीनियर लड़के को ग्रुप कमांडर बना दिया गया। उस ग्रुप कमांडर को डॉक्यूमेंट और वारंट दे दिया गया। मेरा ग्रुप कमांडर था अंकित पांडे। हम अपने ग्रुप में पाँच लोग थे। जिन्हें ट्रेनिंग के लिये सिकंदराबाद बाद जाना था। अब

हमलोग भर्ती सेंटर से बाहर निकल आये। हमारे परिजन हमारा बाहर इंतजार कर रहे थे। मैं और मेरे ग्रुप के लोग और हमारे परिवार वाले सब लोग हमारे साथ चारबार रेलवे स्टेशन गये। सबने अपने-अपने बच्चों को खाना खिलाकर सिकंदराबाद के लिये भेज दिया।

अध्याय-15

अंकित पांडेय मेरे ग्रुप का कमांडर था। उसने ही वारंट तोड़वाकर ट्रेन का टिकट ले लिया था। टिकट तो मिल गया था मगर सीट कन्फर्म नहीं थी। अंकित पांडेय ने हम चारों से कहा, "भाई लोगों सीट कंफर्म नहीं है चलो किसी स्लीपर बोगी में घुस चलते हैं।"

हिंदुस्तान की स्लीपर बोगी, आहा कितनी भीड़ होती है आज मैंने देख लिया। जिसकी टिकट कन्फर्म होती है वह तो बैठता ही है, लेकिन जिसकी कन्फर्म नहीं होती वह भी बैठता है। और जिन लोगों के पास टिकट नहीं होती वो भी बैठ जाते हैं। भीड़ देखकर बोगी में घुसने की मेरी हिम्मत ही नहीं हो रही थी। तभी अंकित पांडेय ने कहा, "सोचो मत जल्दी से अंदर चलो ट्रेन के निकलने का समय हो गया है।"

तभी धीरेंद्र ने मुझको धक्का दिया मैं बोगी के अंदर प्रविष्ट हो गया। अंकित पांडेय और धीरेंद्र सिंह ने बाकी सभी लोगों के बैग को अंदर करके बोगी में घुस गये। बोगी के अंदर तिल भर की जगह नहीं थी। अंकित पांडेय ने फिर से कहा, "यहीं बाथरूम के पास सभी अपने-अपने बैग ठीक से लगाकर बैठ जाओ।"

हमसब लोगों ने अपने-अपने बैगों को वहीं बाथरूम के पास सेट कर दिया और उसी पर बैठ गये। ट्रेन लखनऊ से निकल चुकी थी। रात के दस बजे तक हम पाँचों लोग आपस में बातें करते रहे। फिर अंकित पांडेय ने कहा, "भाइयों मेरे बैग में आप लोगों का भविष्य है।" इसकी सुरक्षा हम सब की जिम्मेवारी है। इसलिए तीन लोग सोयेंगे और दो लोग जागकर अपने समान और मेरे पास जो डॉक्यूमेंट है उसकी देख-रेख करेंगे। सभी लोग दो-दो घंटे ड्यूटी देंगे।"

सबने कहा, "ठीक है।" अंकित पांडे, प्रदीप और अभिषेक की सोने की बारी थी। मैं और धीरेंद्र सिंह ड्यूटी में बैठे रहे। बाकी तीनों लोग अपने सामान के ऊपर ही बैठकर सोने की कोशिश करने लग गये।

मैं और धीरेंद्र सिंह शांत बैठे थे। हम दोनों का चेहरा उदास था। तभी

धीरेंद्र ने मुझसे पूछा, "यार करन उस दिन तो तुम्हारा फोन नहीं मिला था न।"

"हाँ यार नहीं मिला था।" मैंने दुखी मन से जवाब दिया।

धीरेंद्र सिंह ने कहा, "भाई ट्रेनिंग में जाने का मन नहीं कर रहा है।"

"क्यों?" मैंने पूछा।

"यार हमारी एक करेजा थी। वह कह रही थी कि मुझे छोड़कर न जाओ।" धीरेंद्र अपनी करेजा को याद करते हुए बोला।

"फिर क्यों आ गये, अपनी करेजा को छोड़कर?" मैं धीरेंद्र की तरफ देखते हुए पूछा।

"नहीं आते तो का बाप के जूते खाते।" धीरेंद्र ने कहा।

"क्यों बाप का जूता खाते?" मैंने धीरेंद्र की बात सुनकर फिर से पूछा।

"दो दिन पहले मैं अपनी करेजा से रात में उसके छत पर मिलने गया था। न जाने कहाँ से हमार ससुर आ गया। रंगे हाथों पकड़ लिया हम दोनों को। यह बात पूरे गाँव को पता चल गयी। हमार बाबू जी हमें जमकर लतियाये और कहे कि नाक कटा दिया हमार, अब गाँव में वापस न आना। फौजी बन गये तो थोड़ी-सी इज्जत बच गयी, वरना सच में वो मुझे गाँव से निकाल फेंकते।" धीरेंद्र ने अपनी लव स्टोरी गम्भीर होकर सुनाया जिसको सुनकर मुझे मजा आ रहा था।

"फिर क्या हुआ?" मैंने धीरेंद्र की लव स्टोरी को और जानने के लिये पूछा।

"फिर क्या? अपनी करेजा से मिल भी नहीं पाये। बड़ी इच्छा थी कि जब मैं ट्रेनिंग के लिये आऊँगा तो वह मुझसे मिलने आये। वह मुझे छोड़ने आये, मगर अपने सोचे कभी कुछ होता है, नहीं न। वही हमारे साथ हुआ। न जाने हमारी करेजा का हाल क्या होगा।" धीरेंद्र दुःखी होकर बोला।

"अरे भाई दुःखी न हो, तुम्हारी करेजा ठीक होगी। फ़ोन करके पूछ लो उसका हाल।"

"अरे भाई उस दिन के कांड से उसका बाप उससे फोन भी छीन लिया है। अब उसके पास फोन नहीं है।" धीरेंद्र ने कहा।

"फिर कुछ नहीं हो सकता है तुम्हारा। अब दुःखी होने से कोई फायदा नहीं।" मैंने कहा।

धीरेंद्र कुछ देर तक शांत बैठा रहा फिर उसने मुझसे पूछा, "तुम्हारी भी कोई गर्लफ्रैंड है कि नहीं?"

मैंने जवाब दिया, "है।"

"तुम भी अपनी प्रेम-कहानी सुनाओ न।" धीरेंद्र ने मुझसे आग्रह करते हुए कहा।

मैंने कहा, " मेरी गर्लफ्रैंड का नाम है वर्षा। हम दोनों एक दूसरे से बहुत प्यार करते हैं। मुझे जब भी मौका मिलता मैं उसके घर के चक्कर लगाता रहता था। फिर एक दिन बॉर्डर फ़िल्म देखते हुए एक चचा ने रायता फैला दिया कि करन का वर्षा के साथ चक्कर चल रहा है। उस दिन से मैंने वर्षा के घर के चक्कर लगाना बंद कर दिया। हम दोनों कॉलेज में ही मिल लेते थे। उसने कभी मुझे अपना नंबर नहीं दिया था क्योंकि उसका मोबाइल उसके पापा के पास रहता है। लेकिन कल उसने सबके सामने मुझको अपना नम्बर दिया और बोली, "जब समय मिले तो मुझसे भी बात कर लिया करना।"

"तो फिर क्या सोच रहे हो लगाओ फोन। बेचारी तुम्हारे फोन का इंतजार कर रही होगी।" धीरेंद्र ने कहा।

"नहीं भाई, फोन इसके पापा के पास होगा।" मैंने कहा।

"इस समय पापा को मम्मी के साथ होना चाहिए, फोन के साथ नहीं। फोन लगाओ।" धीरेंद्र जबरदस्ती करते हुए बोला।

"तुम पागल हो क्या, रात के ग्यारह बजे कोई किसी को फोन करता है भला।" मैंने कहा।

"कोई नहीं करता होगा, लेकिन तू करेगा।" धीरेंद्र ने फिर कहा।

"नहीं भाई मैं नहीं करूँगा।" मैंने कहा। क्योंकि मुझे इतनी रात में फोन करना अच्छा नहीं लग रहा था।

धीरेंद्र जिद करते हुए बोला, "फोन तो अभी करना पड़ेगा भाई अभी। फोन करो वरना मैं आज से तुमसे बात नहीं करूँगा।"

अब मैं धीरेंद्र के सामने हथियार डालते हुए बोला, "यार फोन तो अभी कर दूँ। लेकिन हो सकता है फोन वर्षा के पापा के पास हो।"

धीरेंद्र ने कहा, "पापा के पास फोन होगा तो मैं कर लूँगा, बेटी के पास होगा तो तुम कर लेना। लेकिन फोन अभी करना होगा।"

मैंने अब अपने दिल को थाम कर वर्षा के नम्बर में फोन लगा दिया। जैसे-जैसे रिंग बज रही थी। मेरी धड़कने भी बढ़ रही थी। कुछ ही देर में फोन उठ गया आवाज आई, "कौन है रात में चैन से सोने भी नहीं दे रहा।"

मैंने उस आवाज को सुनकर झट से फोन काट दिया। धीरेंद्र मुझसे पूछा, "क्या हुआ, फोन क्यों काट दिया?"

मैं हड़बड़ा कर बोला, "साले वर्षा के बाप ने फोन उठाया है। तब तक उधर से फोन आ गया।"

धीरेंद्र हँसते हुए बोला, "बात कर न तू।"

"नहीं मैं बात नहीं करूँगा?" मैंने कहा।

तभी धीरेंद्र ने मुझसे फोन छीनकर फोन रिसीव कर दिया और बोला, "नमस्ते अंकल अभी तक सोए नहीं क्या?"

"उधर से आवाज आई कौन है बत्तमीज जो रात में फोन कर रहा है और पूछ रहा है अंकल अभी सोए नहीं क्या।"

"अंकल मैं धीरेंद्र, लगता है आप मुझे पहचाने नहीं?"

"हाँ मैं नहीं पहचाना, तू है कौन?" बलवंत चचा ने कहा।

"अंकल फिर आप सुबह सोचकर बताना, कि आप मुझे पहचाने की नहीं। मैं फोन रखता हूँ कहकर।" धीरेंद्र ने फोन काट दिया।

मैं धीरेंद्र को गाली देते हुए बोला, "साले तू मेरी लव-स्टोरी में विलन क्यों

बन रहा है। अब मेरे ससुर को नींद नहीं आयेगी।"

"देखना कल से बुढ़ऊ अपने पास फोन रखकर नहीं सोयेगा।" धीरेंद्र हँसते हुए बोला।

"क्यों?"

"क्योंकि, वो सोचता रहेगा कि कौन धीरेंद्र है?"

* * *

हम दोनों को ड्यूटी देते और बात करते दो घंटे हो गये थे। अब हम दोनों की ड्यूटी खत्म हो गयी थी। मैंने अभिषेक और प्रदीप को जगा दिया। अब अभिषेक और प्रदीप ड्यूटी देने लग गये। मैं और धीरेंद्र सोने लगे। लखनऊ से सिकंदराबाद लगभग बहत्तर घंटे का सफर था। हम लोग फौजी तरीके से ट्रेन में ड्यूटी देते हुए सिकंदराबाद जा रहे थे।

अब फिर से दुबारा मेरी और अंकित पांडे की ड्यूटी का समय आ गया। अंकित पांडे ने मुझसे पूछा, "करन तुम्हें फौज के बारे में कुछ पता है कि नहीं?"

"थोड़ा बहुत पता है?" मैंने जवाब दिया।

"मैंने सरमोनीयम परेड में ड्रिल किया है। तुम मेरे साथ रहना। मैं तुम्हें ड्रिल सीखा दूँगा।"अंकित ने कहा।

"तुम सरमोनीयम परेड कब अटेंट किये हो?" मैंने अंकित पांडे से पूछा।

"मैंने एनसीसी का कोर्स किया है। तभी सरमोनीयम परेड में ड्रिल किया था।"अंकित पांडे अपनी खुद की बड़ाई करते हुए बोला।

मुझको अंकित पांडे के सरमोनीयम परेड में कोई दिलचस्पी नहीं थी। मैं दो घंटे पहले किये धीरेंद्र के कांड को सोच रहा था, और मुस्कुरा रहा था।

सुबह हो गयी। लोग बाथरूम आने लग गये। हमलोग एक किनारे अपना सामान रखकर लोगों को आने-जाने का रास्ता दे दिया। मैं धीरेंद्र को देखकर मन ही मन गाली भी दे रहा था। तभी मेरे फोन की घंटी बज गयी। मैं धीरेंद्र को फोन दिखाते हुए बोला, "देख भोसड़ी के अब भी बुढ़ऊ का फोन आ रहा है।"

धीरेंद्र ने इशारे से कहा फोन उठा। मैं डरते हुए फोन उठाया और बोला, "कौन?"

दूसरी तरफ से आवाज आई, "आपने रात में फ़ोन करके मेरे पापा को परेशान कर दिया था, आप कौन बोल रहे हैं।"

अरे ये तो वर्षा की आवाज थी। मैं खुश हो गया और डर भी गया। मैं डरते हुए बोला, "वर्षा मैं करन?"

तभी वर्षा के बाबू जी ने उससे पूछा, "बेटी बताया कि कौन धीरेंदर है?"

"नहीं पापा राँग नम्बर है।" कहकर वर्षा में फोन काट दिया।

वर्षा ने ऐसा क्यों किया? मुझे समझ नहीं आया। मुझे लगा कि वह मुझसे नाराज होकर फोन काट दी है। मैं निराश होकर बैठा था। और धीरेंद्र को गाली दे रहा था। अब मेरा किसी से बात करने का मन भी नहीं कर रहा था। मुझे दुखी देखकर धीरेंद्र ने कहा, "अरे भाई दुखी न हो, लड़की तुझसे ज्यादा समझदार है, बाप के पूछने पर कह दिया राँग नम्बर है। देखना वह खुद कुछ देर में फोन करेगी।"

लगभग दो घंटे बाद फिर से मेरे फोन की रिंग बजी। फोन वर्षा का था। मैंने डरते हुए फोन रिसीव किया। तब वर्षा बोली, "अब बताओ, इतनी रात में तुम मेरे पापा के पास फोन क्यों किये थे?"

मैं डरते हुए बोला, "मुझे तुमसे बात करनी थी।"

"मुझसे क्या बात करनी थी? इतनी रात में?" वर्षा बोली।

"तुम्हीं ने तो मुझे अपना नम्बर दिया है और कहा था कि जब टाइम मिले तो मुझसे बात कर लेना।"

"तो रात के गयारह बजे फोन करोगे, और ये धीरेन्दर कौन है? जिसकी वजह से मेरे पापा रात भर सो नहीं पाये।" वर्षा नाराज होते हुए बोली।

"धीरेंदर मेरा दोस्त है। उसी ने कहा कि मैं अभी और इसी वक्त तुम्हें कॉल करूँ, तो मैंने कर दिया।"

"चलो किसी के कहने पर तो तुम मुझे कॉल कर लिये, वरना तुम्हारी तो हिम्मत ही नहीं पड़ती, अब बताओ कि तुम्हें मुझसे क्या बात करनी थी?" वर्षा बेखौफ ऐसे बोल रही थी जैसे उसे पता ही न हो मुझे उससे क्या बात करनी है?

मैंने वर्षा से कहा, "वर्षा तुम्हारे बिना मुझे अच्छा नहीं लग रहा है। मेरा मन ट्रेनिंग में जाने का नहीं हो रहा है।"

वर्षा नाराज होते हुए बोली, "अगर तुम ऐसी बात करोगे तो मैं तुमसे बात नहीं करूँगी। तुम ट्रेनिंग करने जा रहे हो, अच्छे से करना। तभी मैं खुश रहूँगी।"

मेरी और वर्षा की बहुत देर तक बातें होती रही। उससे बात करके मुझे बहुत अच्छा लग रहा था। आज मैंने फिर से वर्षा से कहा, "आई लव यू वर्षा।"

वर्षा चौंक गयी। उसने कहा, "क्या बोले?"

मैं डर गया कि वर्षा नाराज तो नहीं हो गयी है। मैंने झट से कह दिया, "कुछ नहीं।"

"कुछ नहीं क्या? जो बोले हो मैं उसे तुम्हारे मुँह से फिर से सुनना चाहती हूँ। लेकिन बुद्धु तुम डरते ही बहुत हो। तुम्हें फौजी किसने बना दिया। फौजी बन कर भी डरना नहीं छोड़े।" वर्षा ने कहा।

मैं वर्षा की बात सुनकर मुस्कुराने लग गया। फिर से कहा, "वर्षा आई लव यू।"

वर्षा खुशी से झूम उठी। उसने मेरे आई लव यू का जवाब, "आई लव यू टू कहकर दिया।"

अब मैं और वर्षा बातों में लगे हुए थे। हमारी बातें ऐसे हो रही थी जैसे कि सदियों बाद हम दोनों बात कर रहे हो। हम दोनों की बातें खत्म होने का नाम नहीं ले रही थी।

मेरे चारों दोस्त कुछ देर पहले मुझसे कह रहे थे कि फोन करके वर्षा से बात कर वरना ट्रेन से नीचे फेंक देंगे। अब वही लोग कहने लगे कि बात बंद कर दे वरना ट्रेन से नीचे फेंक देंगे।

जैसे ही मैंने फोन काटा, धीरेंद्र ने पूछा, "वर्षा से बात करके कैसे लग रहा है करन?"

"अच्छा लग रहा है।"

"बस अच्छा लगा कि अंतर्मन और रोम-रोम खिल उठे हैं?"

मैंने सिर्फ मुस्कुरा दिया। तभी अंकित पांडे बोल उठा, "अब तो छह महीने के बाद करन के हाथ मे दो-दो लड्डू होंगे।"

अंकित पांडे कह तो रहा था लड्डू होंगे, मगर उसका इशारा कहीं और था। तभी धीरेंद्र बोला, "सच पांडे दो-दो लड्डू वो भी बड़े-बड़े वाले।"

मैं धीरेंद्र की बात सुनकर सिर्फ नयी नवेली दुल्हन की तरह शरमा रहा था। मेरा और वर्षा का प्यार लगभग डेढ़ साल पुराना हो गया था। लेकिन आज फिर से उससे आई लव यू बोलकर मुझे ऐसा लग रहा था, जैसे मैं अभी उससे अपने प्यार का इजहार किया हूँ। ट्रेन के बहत्तर घंटे के सफर में वर्षा ने मुझे बहत्तर बार तो फोन किया होगा। वह हर बार पूछती, खाना खाया की नहीं, कहाँ पहुँचे। अभी कितना समय लगेगा। मैं उससे बात करके हर बार नयी ताजगी और जोश से भर जाता था। कब ट्रेन सिकंदराबाद पहुँच गयी मुझे पता ही नहीं चला।

अध्याय-16

लगभग बहत्तर घंटे चलने के बाद ट्रेन सिकंदराबाद रेलवे स्टेशन सुबह के चार बजे पहुँच गयी। हम पाँचों लोग ट्रेन से उतर कर स्टेशन में ही अपने-अपने चादर बिछाकर सोने लग गये। क्योंकि सुबह होने में अभी दो घंटे का समय था। सुबह सात बजे जब रेलवे प्लेटफॉर्म का सफाई कर्मी प्लेटफॉर्म की सफाई करने आया तो उसने हम सभी को जगाया।

हम सब लोग अपने जूते पहन कर सोए थे। लेकिन अंकित पांडे ने अपने जुते उतार कर सिरहाने में रख लिया था। जब सफाई कर्मी ने हमें जगाया तो सबसे पहले अंकित पांडे की आँखें खुली और उसने सबसे पहले अपने जूतों को देखा। जो उसने अपने सिरहाने में रखा हुआ था। वह गायब थे। उसके सिरहाने के पास फ़टे हुए जूते रखे हुए थे। अंकित पांडे के मुँह से निकला, "रस्साला मेरे जूते?"

हम सबकी नज़र चारों तरफ घूमी लेकिन अंकित पांडे के जूते नहीं दिखे। उसके जूते गायब हो चुके थे। वह गाली देते हुए बोला, "कोई भोसड़ी वाला मेरे जूता लेकर चम्पत हो गया है।"

धीरेंद्र अंकित पांडे की बात सुनकर हँसते हुए बोला, "लेकिन चोर तो था बड़ा संस्कारी, देखो अपने जूते देकर भी गया है।"

"घंटा का संस्कारी था, मादरचोद ये अपने फटे जूते छोड़ गया है। जो बदबू मार रहे हैं।" अंकित पांडे आग-बबूला होकर बोला।

तभी मैंने कहा, "अब किया भी क्या जा सकता है। इन्हीं को पहन लो, न से तो अच्छा ही है। सिर्फ बदबू ही तो मार रहे हैं।"

अंकित पांडे गुस्से से बोला, "तू ही पहन ले, मैं इन्हें नहीं पहनूँगा।"

"फिर क्या पहनेगा भाई, खाली पैरों से तो अच्छा है इन्हें ही पहन ले।" अभिषेक ने कहा।

अंकित पांडे को अब मजबूरी बस वही पुराने फटे हुए जुते पहनने पड़े।

जिनके तल्ले घिस चुके थे। ऊपर से ऐसे बदबू मार रहे थे जैसे अभी कचड़े के ढेर से उठाकर पहन लिया गया हो। अंकित पांडे उस चोर को गाली देते हुए उन जूतों को पहन लिया।

अब मैं और मेरे साथियों को अपने कमांडर का हाल देखकर हँसी आ रही थी। लेकिन किया भी क्या जा सकता था। अब अंकित पांडे कमांडर से भिखारी लगने लगा था।

अंकित पांडे अपने जूते देखकर दुखी हो रहा था। उसने कहा , "पहले जुते खरीदने चलते हैं, फिर ट्रेनिंग सेंटर चलेंगे।"

हम सबने एक साथ कहा, "ठीक है।"

सब लोग अंकित पांडे के साथ चल दिये। लेकिन इतनी सुबह सभी दुकान बंद थी। मजबूरी बस अब अंकित पांडे को वही जूते पहनकर ट्रेनिंग सेंटर जाना पड़ा।

हम लोग एक ऑटो वाले के पास गये और उससे पूछा, "वन ट्रेनिंग बटालियन चलोगे।"

उस ऑटो वाले ने कहा, "हाँ, सर चलूँगा।"

"कितना लोगे?" अंकित पांडे ने पूछा।

ऑटो वाला अंकित पांडे को नीचे से ऊपर तक देखा फिर बोला, "फोर हंड्रेड लगेगा।"

हम पाँचों लोग उस ऑटो में बैठ गये। ऑटो वन ट्रेनिंग बटालियन के लिये निकल पड़ा। ऑटो वाले ने हमें ट्रेनिंग बटालियन के बजाय एमआई रूम ले जाकर उतार दिया और पैसा लेकर निकल गया।

सामने एमआई रूम में बहुत से लड़के खाकी वर्दी में दिखाई दे रहे थे। हमें लगा था यही वह ट्रेनिंग बटालियन है। अंकित पांडे ने जाकर एक लड़के से पूछा, "अरे भाई रिपोर्ट कहाँ करनी है।"

वह लड़का भी अंकित पांडे को ऊपर से नीचे तक देखते फिर बोला,

"गलत जगह आ गये हो। यह एमआई रूम है। यहाँ पर बीमार लोगों का इलाज होता है। तुम्हें वन टीवी जाना था।"

"वन टीबी?"अंकित पांडे को समझ नहीं आया तो वह दोहराया।

"अरे यार वन ट्रेनिंग बटालियन।" वह लड़का अंकित पांडे के भाव को समझ कर बोला।

"तो क्या यह वन ट्रेनिंग बटालियन नहीं है?" अंकित पांडे ने पूछा।

"नहीं, ये एमआई रूम है।"

"साला ऑटो वाला वन ट्रेनिंग बटालियन बताकर एमआई रूम में उतार कर चला गया।" अंकित पांडे ने सिर पर हाथ रखते हुए कहा।

फिर उस लड़के ने अंकित पांडे से पूछा, "मोबाइल लाये हो?"

"हाँ लाये हैं।" अंकित पांडे ने कहा।

"अच्छे से छुपा लेना, वरना गेट पर ही लपक लेंगे। मोबाइल ट्रेनिंग करने वाले लड़को को सख्त मना है।"

बाकी हम सभी लोग अंकित पांडे और उस लड़के की बात सुन रहे थे। जैसे ही बात खत्म हुई फिर से हम लोग सड़क पर आकर एक ऑटोरिक्शा वाले को हाथ दिया। रिक्शा रुक गया।

अबकी प्रदीप ने पूछा, "वन टीबी चलोगे?"

"हाँ चलेंगे।" रिक्शा वाले ने कहा।

"कितना लोगे?" प्रदीप ने पूछा।

"डेढ़ सौ लगेंगे।" रिक्शावाले ने जवाब दिया।

"वन टीबी ही पहुँचाओगे न?" मैंने पूछा।

"हाँ भाई, वन टीबी ही पहुचायेंगे।" ऑटोरिक्शा वाला गुस्सा होकर बोला।

तभी अंकित पांडे ने कहा, "अभी एक ऑटोरिक्शा वाले के साथ आये हैं,

उसने बोला यह वन टीबी है। साला वन टीबी बोलकर एमआई रूम में पटक कर चला गया।"

"सारे ऑटोवाले ऐसे नहीं होते हैं। मैं तुम्हें वन टीबी ही ले चलूँगा।" ऑटो वाले ने कहा।

हम लोग ऑटो में बैठ गये। उसने अपने ऑटो को बढ़ा दिया। लगभग बीस मिनट में ऑटो वन टीबी के गेट के पास पहुँच गया। ऑटो वाले ने गेट से पन्द्रह-बीस मीटर पहले अपने ऑटोरिक्शा को रोक दिया और बोला, "उतरो, आ गया आपका वन टीबी।"

जैसे ही वन टीबी का गेट सामने दिखा। हम सबकी रूह काँप गयी। हम सबकी वन टीबी के गेट के पास जाने की हिम्मत ही नहीं हो रही थी। वह गेट हम सबको तिहाड़ जेल के गेट जैसा लग रहा था। तभी मैं अपने मन की बात को रखते हुए बोला, "भाई ये तो जेल जैसा लग रहा है, मन नहीं कर रहा है कि अंदर चलें।"

"सच कह रहे हो करन भाई, मेरा भी मन जाने को नहीं कह रहा है।" धीरेंद्र ने कहा।

लखनऊ से सिकंदराबाद आने तक जो खुशी, जो उल्लास हम लोगों के अंदर थी। वह वन टीबी के मेन गेट पर पहुँचते ही गायब हो गया था।

"अब अंदर तो जाना पड़ेगा।" अंकित पांडे ने ऑटो वाले को उसका किराया देते हुए कहा। ऑटो वाला किराया लेकर चला गया। हम सब लोग अभी भी वहीं खड़े होकर एक-दूसरे को देख रहे थे। तभी गेट के गार्ड कमांडर ने वहीं से आवाज देकर कहा, "अबे लड़कों वही खड़े रहोगे की आओगे भी?"

गेट के कमांडर का बुलावा आ गया था। अब न चाह कर भी हम पाँचों को जाना ही पड़ा। जैसे ही हम लोग अंदर पहुँचे। गार्ड कमांडर ने कहा, "अपना-अपना सामान रखो और मोबाइल निकालो।"

मुझको छोड़कर सबने जल्दी से अपना-अपना मोबाइल निकाल कर गार्ड कमांडर के सामने रख दिया। जब गार्ड कमांडर ने मुझसे पूछा, "तुम्हारा

मोबाइल कहाँ है?"

मैंने जवाब दिया, "सर मेरे पास मोबाइल नहीं है।"

"सच में तेरे पास मोबाइल नहीं है?" गार्ड कमांडर ने मुझसे पूछा।

"हाँ सर मेरे पास मोबाइल नहीं है।" मैं डरते हुए जवाब दिया।

फिर गार्ड कमांडर ने कहा, "सब लोग अपना-अपना बैग चेक कराओ?"

हम पाँचों लोगों ने जल्दी से अपने-अपने बैग खोल कर गार्ड कमांडर के सामने रख दिया। गार्ड कमांडर बैग को चेक करते हुए बोला, "वाह घी है, अचार है। घी खाते रहना, सेहत बनाते रहना और दौड़ लगाते रहना।"

हमलोग कुछ नहीं बोले। सिर्फ गार्ड कमांडर की बात सुनते रह गये। गार्ड कमांडर ने जब सबके बैग चेक कर लिया। हमारे बैग में उसे ऐसी कोई ऐसी चीज न मिली जिससे किसी को नुकसान पहुँचाया जा सके। उसने फिर से मुझसे पूछा, " बेटा तेरे पास मोबाइल हो तो बता दे, वरना बाद में पकड़े जाने की सजा तू ही भुगतेगा।"

मैं फिर से झूठ बोला, "सर मेरे पास मोबाइल नहीं है।"

लोग कहते हैं न चोर के दाढ़ी में तिनका। चोर कब तक बच सकता है। लेकिन मैं मोबाइल जमा करने से बच गया था। उसके बाद गार्ड कमांडर ने कहा, "डॉक्यूमेंट दो।"

अंकित पांडे ने झट से डॉक्यूमेंट दे दिया। मेन गेट पर सबकी बकायदे इंट्री की गयी। उसके बाद गार्ड कमांडर ने एक लड़के को बुलाकर कहा, "इन्हें हवलदार पीसी मल के ऑफिस के पास पहुँचा के आ जाओ।"

उस लड़के ने जोर से कहा, "ठीक है श्री मान।"

फिर गार्ड कमांडर ने हमसे कहा, "तुम लोग अपने-अपने बैग अपने सिर में रखो और इस लड़के के साथ भागते हुए हवलदार पीसी मल के ऑफिस में रिपोर्ट करना।"

मेन गेट से पीसी मल का ऑफिस लगभग सात-आठ सौ मीटर दूर था।

मैं और मेरे चारों साथी सिर पर बैग रखे हुए दौड़ते हुए हवलदार पीसी मल के ऑफिस पहुँचे। हम पाँचों पसीने से लतपथ हो गये थे। पसीना माथे से चुआ जा रहा था। शरीर का कोई अंग नहीं था जिससे पसीना न बह रहा हो। मैं पसीना पोंछते हुए खुश होकर बोला, "भाई लोगों मेरा मोबाइल बच गया।"

मुझको क्या मालूम कि यह खुशी छनिक है। मेरा मोबाइल फिर से चेक होगा। तभी एक शैतान हाजिर हो गया। जिसका नाम था हवलदार मोतीलाल। हवलदार मोतीलाल ने सबसे पहले हम लोगों से कड़क आवाज में एक सवाल किया, "कहाँ से आये हो, लौंडो?"

प्रदीप हड़बड़ा कर बोला, "घर से।"

"मुझे भी पता है घर से आये हो। मेरा मतलब कौन से सेंटर से?" मोतीलाल कड़क आवाज में बोला।

अबकी अंकित पांडे ने कहा, "सर लखनऊ से आये हैं।"

"वो, तो उल्टा परदेश वाले हो? तभी तो मैं कहूँ की ये क्यों बोल रहा है। घर से आये हैं।" मोतीलाल ने अपने चेहरे पर हँसी लाते हुए कहा।

मोतीलाल का मुस्कुराया हुआ चेहरा देखकर हम पाँचों के चेहरे में मुस्कुराहट फैल गयी। मगर यह मुस्कुराहट छन भर की थी। तभी मोतीलाल ने कहा, "किसी के पास मोबाइल तो नहीं है?"

"नहीं है सर।" हम पाँचों ने एक साथ जोर से कहा।

मोतीलाल ने फिर कहा, "फिर फटाफट अपना-अपना बैग चेक कराओ।"

मानो मेरे पैर से जमीन ही खिसक गयी। हम सबने फिर से बैग को खाली कर दिया। बैग में इस बार एक भी सामान नहीं बचा था मोतीलाल ने सारा सामान बाहर निकलवा दिया था। अब वह एक-एक करके हर सामान को खोलकर बखूबी से चेक कर था। उसने मेरा मोबाइल ढूँढ निकाला। मेरा मोबाइल मिलते ही उसने कहा, "बेटा फौज में अभी आये दो मिनट भी नहीं हुए हैं, और मोतीलाल से चालाकी। इसकी सजा तुम्हें मिलेगी, जरूर मिलेगी।" मोतीलाल ने गब्बर सिंह की तरह कड़क आवाज में कहा।

मुझको तो कालिया की तरह डर लगने लग गया था। मैं काँपने लग गया। फिर मोतीलाल ने मुझसे कहा, "फ्रॉग जम्प में सामने गेट तक जाकर वापस आना है। पहली गलती है इसलिए छोटा पनिशमेंट दे रहा हूँ।"

मुझको समझ मे नहीं आया कि, "फ्रॉग जम्प क्या होता है।" मैं आँखें फाड़कर मोतीलाल की तरफ देखने लग गया।

मोतीलाल मेरी भावनाओं को समझ गया। उसने एक लड़के को बुलाकर कहा, "ए लड़के, इस लड़के को फ्रॉग जम्प दिखाओ जरा।"

वह लड़का घुटनों के बल बैठ गया और कमर में हाथ रखकर मेढ़क की तरह जम्प करके आगे बढ़ने लग गया। मैंने मन में सोचा यह तो मेरे बायें हाथ का काम है मैं एक मिनट में इतनी दूरी जम्प करके आ जाऊँगा। मैं अपने घुटनों के बल बैठ कर कमर में हाथ रखकर जम्प करते हुए मोतीलाल के बताये हुए गेट तक गया। जाते समय ही मेरी पसलियाँ बैठ गयी और उनमें दर्द होने लगा। अब मुझसे एक कदम का भी जम्प नहीं हो रहा था। पर मजबूरी बस करना ही पड़ा। जैसे-तैसे मैं वापस अपनी जगह पर आया पर मुझसे खड़ा ही नहीं हुआ गया। मोतीलाल हँसते हुए बोला, "दो लोग मिलकर इसे उठाओ।"

अंकित पांडे और धीरेंद्र ने मेरी दोनों बाहें पकड़ कर मुझे खड़ा किया। मुझको ऐसा लग रहा था कि किसी ने मेरी पसलियों में जमकर लाठी बरसाई है। मेरी पसलियाँ इतनी जोर से दर्द कर रही थी कि मैं खड़ा भी नहीं हो पा रहा था। मैं मन ही मन मोतीलाल को गाली दे रहा था। और सोच रहा था कि यह न जाने कौन-सा पनिशमेंट दिया है जिससे खड़ा ही नहीं हुआ जा रहा। अगर दूसरा पनिशमेंट देता तो मैं बिस्तर ही पकड़ लेता।

मोतीलाल पाँचों लोगों के मोबाइल पाकर बहुत खुश हुआ। उसने एक रजिस्टर में सबके मोबाइल की इंट्री की फिर बोला, "यहाँ मोबाइल रखना सख्त मना है, तुम लोग सिर्फ अपनी ट्रेनिंग पर ध्यान देना। जब कभी घर में बात करना हो तो वेट कैंटीन में एसटीडी बूथ है। वहाँ से बात कर सकते हो।"

अब मोतीलाल सबके मोबाइल लेकर और अपना ज्ञान देकर जैसे ही गया। मैं सोच में पड़ गया अब वर्षा से बात कैसे होगी। वर्षा से बात किये बिना मेरा मन

भी नहीं लगेगा। मैं अभी इतना सोच ही रह था कि एक महाशय फिर से हाजिर हो गये। उन्होंने गरजते हुए पूछा, "ए! लड़को, मुझे जानते हो?"

"नहीं जानते सर?" हम पाँचों ने एक साथ जवाब दिया।

"फिर बैंड हो जाओ, और पचास-पचास पुशअप लगाओ।" उस उस्ताद ने ऑर्डर देते हुए कहा।

"अरे साला, अभी आये हुए पाँच मिनट भी नहीं हुए और हम लोग कैसे जानेंगे की ये महापुरुष कौन है।" मैंने धीरे से बोला।

मेरे चारों साथियों ने मेरी बात सुन ली। मगर कुछ बोले बिना ही पुशअप मारने लग गये। जैसे ही पचास पुशअप हुए हम लोग खड़े हो गये। उस उस्ताद ने फिर से कड़क आवाज में कहा, "अब पहचाने मुझे।"

"नहीं सर अभी भी नहीं पहचाने, कि आप कौन हो?" फिर हम सबने एक साथ कहा।

"फिर बैण्ड हो जाओ और पचास-पचास पुशअप निकालो" -उस उस्ताद ने उसी कड़क आवाज में कहा।

हम लोग फिर से पचास पुशअप निकालकर खड़े हो गये। उस उस्ताद ने फिर से पूछा, "अब पहचाने की नहीं?"

तभी अंकित पांडे ने कहा, "हाँ सर पहचान गया कि आप कौन हो।"

"तो बताओ फिर मैं कौन हूँ?" उस उस्ताद ने मुस्कुरा कर पूछा।

"सर, आप जी वेल मुरगन हो।" अंकित पांडे ने जवाब दिया।

"फिर बैंड हो जाओ, और फिर से पचास-पचास पुशअप मारो।" उस उस्ताद ने कड़क आवाज में कहा। उस उस्ताद का चेहरा इतना गम्भीर था कि उसे देखकर हम सबकी फ़टी पड़ी थी। अब हम सबके हाथ पुशअप मारकर भर चुके थे लेकिन उस उस्ताद के आदेश का पालन तो करना ही था। यही तो फौज है कि अपने सीनियर की हर एक बात को मानना पड़ता है। इसलिए सबने फिर से पचास पुशअप निकाल दिये।

पचास पुशअप होते ही उस उस्ताद ने कहा, "खड़े हो जाओ।"

हम पाँचों लोग खड़े हो गये। सबके हाथ-पैर काँप रहे थे। फिर से उस्ताद ने पूछा, "बताओ, मैं कौन हूँ?"

तभी प्रदीप ने कह दिया, "सर आप हवलदार जी वेल मुरगन हो।"

हवलदार जी वेल मुरगन सुनते ही उस्ताद जी के गम्भीर चेहरे में मुस्कान दौड़ गयी। जो उनकी कड़क आवाज, गम्भीर स्वभाव को गायब कर दिया था। हवलदार जी वेल मुरगन बोले, "वाह क्या बात है, तुम लोगों ने तो मुझे बहुत जल्दी पहचान लिया। अब अपना सामान यहीं पर छोड़ दो और दौड़ते हुए बार्बर शॉप जाओ और अपनी ये जुल्फों को कटा कर फौजी बन जाओ।"

हवलदार जी ने हम पाँचों के साथ एक लड़के को भेज दिया और बोले, "इन्हें बार्बर शॉप दिखाकर आओ।"

मैं और मेरे चारों दोस्त उस लड़के के साथ बार्बर शॉप की तरफ दौड़ते हुए गये। बार्बर शॉप में बहुत लंबी लाइन लगी हुई थी। चार बार्बर लगे हुए थे बाल काटने के लिये। जैसे ही एक लड़का अंदर जाता उसका हुलिया ही बदल जाता था। एक मिनट में उसके खोपड़ी के आधे बाल गायब हो जाते थे। उन लड़कों की कटिंग देखकर धीरेंद्र ने अंकित पांडे से कहा, "अरे पांडे ये कौन-सी कटिंग काट रहे हैं बे। ये तो हमें कटोरा कटिंग लग रहा है। ये लोग तो हमें टोपा बना दे रहे हैं।"

अंकित पांडे ने जवाब दिया, "इसी कटोरा कटिंग को फौजी कटिंग कहते हैं। और ये हमें टोपा नहीं टोपी पहनने वाले फौजी बना दे रहे हैं।"

"घंटा ये फौजी कटिंग है। हवलदार जी वेल मुरगन की कटिंग देखा था कितनी अच्छी लग रही थी।" धीरेंद्र ने कहा।

"अरे वो उस्ताद है और हम रिक्रूट। उसकी और हमारी कटिंग में तो अंतर होगा ही।" अंकित पांडे ने जवाब दिया।

अब कुछ ही देर में अंकित पांडे की और मेरी बारी आ गयी बाल कटवाने की। जैसे ही हम दोनों बाल कटवाने के लिये बार्बर की कुर्सी पर बैठे। बार्बर ने

एक मशीन उठायी और हमारे बाल ऐसे छाँट दिया जैसे कोई माली पेड़ के पत्तों को छाँट देता है, गड़रिया भेड़ के बालों को काट देता है। एक मिनट में मैं और पांडे नये रंग, रूप में अवतार लेकर बाहर निकले और बाहर लगे शीशे के पास पहुँच गये। जैसे ही हम दोनों ने अपने चेहरे को शीशे में देखा, हमारे होश उड़ गये। एक पल के लिये हम दोनों को खुद ही ये विश्वास नहीं हुआ कि शीशे में हमारा ही चेहरा है। क्योंकि हम दोनों बार्बर शॉप के अंदर गये थे अजय देवगन बन कर और निकले गजनी बन कर।

अगली बारी थी धीरेंद्र और प्रदीप की। वो दोनों मेरे और पांडे के निकलने का इंतजार कर रहे थे। मैं और पांडे जैसे ही निकले धीरेंद्र ने कहा, "ये पांडे और करन का इतना टाइम कैसे लग गया बे, अभी तक बाल कटा कर निकले भी नहीं।"

प्रदीप बोला, "अबे अंधे ये दोनों करन और पांडे ही तो गये हैं मुँह लटकाये हुए। इनकी कटिंग इतना बेजोड़ हुई है कि पहचान में नहीं आ रहे।"

धीरेंद्र को प्रदीप की बात पर विश्वास नहीं हुआ तो वह मुड़कर हमारी तरफ देखा। हमें देखते ही वह हँसने लग गया और बोला, "क्या कटिंग हुई है भाई, जैसे कोई गड़रिया भेड़ के बालों को छीलता वैसे ही इन दोनों के बालों को छीला गया है।"

तभी अंदर से एक बार्बर ने जोर से चिल्लाया, "नेक्स्ट।"

धीरेंद्र और प्रदीप जल्दी से बार्बर शॉप के अंदर प्रवेश कर गये। बार्बर डाँटते हुए उनका भी कटोरा कटिंग काटकर वापस भेज दिया। धीरेंद्र और प्रदीप का उतरा हुआ चेहरा देखकर मैं और पांडे हँसने लग गये। कुछ ही देर में अभिषेक भी उसी हालत में आ गया।

हम सब के बाल कट चुके थे हम लोग वापस जहाँ अपना सामान रखे थे जाने लगे। हम लोग पैदल चल रहे थे। तभी एक उस्ताद ने हमें फिर पकड़ लिया और बोला, "बैठ जाओ।"

हम सभी लोग बैठ गये। उस उस्ताद ने आदेश दिया, "फ्रॉग जम्प शुरू।"

मुझको कुछ देर पहले मोतीलाल ने फ्रॉग जम्प करवाया था। इसलिए मैंने फ्रॉग जम्प शुरू कर दिया। मुझे देखकर बाकी चारों फ्रॉग जम्प करके आगे बढ़ने लगे। तभी वह उस्ताद बोला, "साथ में जोर-जोर से बोलना है जय हिन्द श्रीमान।"

मैं सबसे आगे था। इसलिए मैं सही से सुन नहीं पाया कि क्या बोलना है। मुझे लगा कि उस्ताद ने कहा है जय हनुमान बोलना है। सब लोग फ्रॉग जम्प करते हुए जय हिंद श्रीमान बोलते हुए आगे बढ़ रहे थे। मैं जय हनुमान बोलते हुए आगे बढ़ रहा था। उस उस्ताद के कान में मेरी आवाज गयी। उसने मुझसे पूछा, "ये लड़के तू क्या बोल रहा है?"

मैं डरते हुए बोला, "जय हनुमान सर।"

"कहाँ-कहाँ से आते हो तुम लोग? हावड़ा बोलो तो लवाडा सुनाई देते हैं तुम लोगों को। तू खड़ा हो जा और मुर्गा बन कर जय हिंद श्रीमान बोलते हुए इन लोगों के साथ चलेगा।"

मैं मुर्गा बन गया और अपने साथियों के साथ जय हिंद श्रीमान कहते हुए चलने लग गया। मैं मुर्गा चाल में और बाकी चारों फ्रॉग जम्प में चलते हुए अपने सामान तक पहुँच गये।

जैसे ही हम पाँचों अपने सामान के पास पहुँचे उस उस्ताद ने आदेश दिया, "खड़े हो जाओ।"

हम पाँचों लोग खड़े हो गये। सबके माथे से पसीना बह रहा था सबका शरीर काँप रहा था। उस उस्ताद ने हमसे पूछा, "मुझे पहचाने?"

अंकित पांडे ने कहा, "यस सर आप हवलदार पीसी मल हो।"

हवलदार पीसी मल, पांडे की बात सुनकर मुस्कुराने लग गये और बोले, "ये जो पनिशमेंट है, पनिशमेंट नहीं है। ये तुम्हारी ट्रेनिंग का हिस्सा है। तुमलोग इसे माइंड में मत लेना। इस पनिशमेंट में मौज ढूँढना। मजे करना और हुड़दंग मचाना। अगर तुम पनिशमेंट से डर गये तो समझो ट्रेनिंग में मर गये। फिर तुम्हारी ट्रेनिंग बहुत मुश्किल से निकलेगी। इसलिए मौज करो, हुड़दंग मचाओ।

फिर हवलदार पीसी मल ने कहा, "समझे मेरी बात को?"

"यस सर।" हम पाँचों लोग जोर से बोले।

"तो फिर पनिशमेंट को क्या समझोगे?" हवलदार पीसी मल ने पूछा।

"ट्रेनिंग का हिस्सा।" हम पाँचों ने जोर से जवाब दिया।

"ट्रेनिंग में क्या मचाओगे?" पीसी मल ने कहा।

"हुड़दंग।" फिर हम पाँचों लोग जोर से चिल्लाकर बोले।

"गुड बहुत अच्छे, अपने जोश को ऐसे ही बरकरार रखना। जोश कम नहीं होने देना। यही जोश मैं तुम लोगों में आज से लेकर ट्रेनिंग के लास्ट दिन तक देखना चाहूँगा। क्या तुम अपनी बात पर खरे उतरोगे?" हवलदार पीसी मल ने फिर से जोश दिलाते हुए पूछा।

"यस सर हम लोग ऐसे ही जोश के साथ अपनी ट्रेनिंग पूरी करेंगे।" हम पाँचों लोगों ने दहाड़ कर कहा।

फिर से पीसी मल ने कहा, "अब सुनो काम की बात। जहाँ भी जाओगे, दौड़ कर जाओगे। कोई भी उस्ताद मिलेगा उसे 'जय हिंद श्रीमान' बोलकर विश करोगे। तुम लोग जहाँ भी जाओगे एन थ्रीज में जाओगे। भेड़ बकरियों की तरह इधर-उधर से नहीं जाना। कोई भी आदमी शर्टकट रास्ते का इस्तेमाल नहीं करेगा। वरना पकड़े जाने पर पनिशमेंट मिलेगा। वो भी ऑन द स्पॉट।" समझे मेरी बात को पीसी मल ने दोहराते हुए पूछा।

"यस सर, समझ गये सर।" हम लोगों ने फिर से एक साथ कहा।

पीसी मल ने फिर एक लड़के को बुलाकर आदेश दिया, "इन्हें वेटकैन्टीन लेकर जाओ और सारा सामान खरीदवा कर ले आना।"

उस लड़के ने कहा, "ठीक है श्रीमान।"

हम पाँचों लोग उस लड़के के साथ दौड़ते हुए वेटकैन्टीन पहँचे। जहाँ पर पहले से एक बॉक्स में थाली, चम्मच, बाल्टी, झाड़ू, बेल्ट, कैप, ब्लैंको और ब्रासो डालकर सेट बनाया हुआ था। सबने गयारह-गयारह सौ रुपये देकर एक-एक

बॉक्स उठा कर अपने सिर पर रख कर हाँफते और दौड़ते हुए अपने सामान के पास वापस आ गये। हमलोग थक चुके थे इसलिए हम लोगों ने जोर से अपने-अपने बक्से को जमीन पर पटक दिया।

पीसी मल सामने ही खड़े थे उन्होंने कड़क आवाज में कहा, "बस, निकल गया दम, अभी थोड़ी देर पहले तो बोल रहे थे जोश में कमी नहीं होगी। फिर कहाँ गया तुम्हारा जोश।"

हम पाँचों लोग सावधान हो गये और एक साथ बोले, "सर हमारे जोश में कोई कमी नहीं है।"

"सच कह रहे हो?" पीसी मल ने फिर से कड़क आवाज में पूछा।

"हाँ, सर सच कह रहे हैं।" हम लोगों ने एक साथ जवाब दिया।

"चलो फिर देख लेते हैं तुम्हारा जोश? जो सबसे ज्यादा जम्प करके अपने घुटनों को अपने छाती पर लगायेगा वही सबसे पहले खाना खाने जाएगा। जम्प शुरू करो।"

पीसी मल का आदेश सुनकर मैं और मेरे साथी जम्प करने लग गये। पाँच मिनट में ही हमारा जोश शांत हो गया। पीसी मल ने कहा, "गुड जोश, जल्दी से खाना खाकर आ जाओ फिर मैं तुम्हें क्लाथिंग दिलाने ले चलता हूँ।"

हमलोग अपने-अपने बॉक्स से अपनी थाली, चम्मच निकाल कर मेस की तरफ भागे। मेस में एक लंबी लाइन लगी हुई थी। लगभग दो सौ लड़को की लाइन। जिसे देखकर हम पाँचों की भूख कुछ देर के लिये गायब हो गयी। मुझसे खड़ा भी नहीं हुआ जा रहा था इसलिए मैंने अंकित पांडे से कहा, "इतनी लंबी लाइन में खड़े होकर खाना लेना पड़ेगा। हमसे तो नहीं होगा। हम नहीं खा रहे।"

"कब तक नहीं खायेगा बे, ये लाइन तो रोज ही लगी रहेगी। आदत डाल लेने में ही भलाई है। अगर अभी नहीं खाया तो शाम तक कुछ नहीं मिलने वाला।" अंकित पांडे ने मुझको समझते हुए कहा।

भूख तो हम सबको जोरों की लगी हुई थी। लम्बी लाइन में खड़े होने से वो और बढ़ती जा रही थी। लगभग आधा घंटे के बाद हमारा नम्बर आया। खाना

लेकर हमलोग डाइनिंग टेबल में बैठ गये। खाना खाते-खाते मैंने कहा, "भाई यहाँ तो हर जगह खतरा है, हर जगह लाइन है। कैसे निकलेंगे दिन?"

"जैसे आज निकल गया, वैसे ही निकल जायेंगे।" धीरेंद्र ने हँसते हुए कहा। उसकी बात सुनकर हम चारों लोग हँसने लगे।

जैसे ही हमलोग खाना खाकर वापस आये। हवलदार पीसी मल हमें क्लाथिंग स्टोर ले गया। जहाँ पर हम लोगों को हमारी क्लाथिंग इश्यू की गयी। क्लाथिंग में खाखी पैंट-शर्ट, खाखी हाफ पैंट, ओजी टीशर्ट, दरी, मच्छरदानी, डांगरी, मग, डीएमएस और लक्कड़ बूट, पीटी शू और सॉक्स मिल गये।

क्लाथिंग मिलने के बाद सब लोग अपनी क्लाथिंग को लेकर फिर से अपने सामान के पास आ गये। अब पीसी मल ने आदेश देते हुए कहा कि, "सब लोग सामने की बैरिक में जाओ और जो बेड खाली हो उस पर अपना बिस्तर लगाकर पकड़ लो, और आर्डर मिलते ही हाफ पैंट और ग्रीन बनियान में विसिल बजते ही झाड़ू-बकेट लेकर जल्दी से यहाँ पर आ जाना।"

अध्याय-17

दोपहर तीन बजे विसिल बज गयी। सभी लड़के हाफ पैंट ग्रीन बनियान और पीटी शू पहनकर हाथ में झाड़ू और बकेट लेकर फालिन में खड़े थे। हम पाँचों भी फालिन में पहुँच गये। गजब का नजारा था। सभी लोग एक तरह की ड्रेस में थे सबके हाथ मे झाड़ू और बकेट थी। ऐसा लग रहा था जैसे हमलोग मनरेगा में काम करने वाले लेबर हो।

फालिन में बहुत से उस्ताद आये हुए थे। किसी को पाँच बंदे की जरूरत थी, तो किसी को दस बंदों की। किसी-किसी को पन्द्रह तो किसी को बीस बंदों की। हवलदार पीसी मल ने सब बंदों को बाँट दिया। सब बंदे अपने अपने उस्ताद के साथ चले गये।

हम पाँचों जिस उस्ताद के साथ गये उसे बीस बंदों की जरूरत थी। वह उस्ताद हमें अपने साथ ले गया था। वह उस्ताद साइकिल से चल रहा था। हम बीसों लोग उसके साथ दौड़ते हुए। जैसे ही उस्ताद अपने एरिया में पहुँचा। हमें इलाका दिखाते हुए बोला, "ये जो एरिया दिख रहा है, इस एरिया में झाड़ू लगाकर कचड़ा उठा लेना। मैं थोड़ी देर में आता हूँ।"

हम बीसों लड़के जोर से बोले, "ठीक है श्रीमान।" और सब लोग स्वच्छ भारत अभियान में लग गये।

उस्ताद के जाते ही मैं पांडे से बोला, "भाई यह एरिया है या इलाका, जिसका कोई ओर-छोर तो दिख नहीं रहा है। यहाँ तो हमसे मनरेगा वाला काम करवा रहे हैं। देखो भाई जिस ठेकेदार को जीतने लेवर की जरूरत थी, ले आया और काम में लगाकर चला गया।"

"भाई ये फौजी एरिया है। यहाँ पर हमें ही अपने इलाके की साफ-सफाई करनी पड़ती है। तभी तो सिविलियन कहते हैं फौजी कैंट कितने साफ-सुथरे होते हैं। यहाँ सारा काम हमें खुद करना पड़ता है।" पांडे ने मुझको समझते हुए कहा।

"अच्छा पांडे तुम सही कह रहे हो। फिर लग जाते हैं सफाई अभियान में और कर देते हैं इस एरिया को क्लीन।" मैं जोश भरकर बोला।

पन्द्रह मिनट झाड़ू मारने के बाद हम सब लोग सुस्ताने लग गये थे। तभी एक मजेदार आवाज ने मुझसे पूछा, "ए बाबू कौन से भर्ती सेंटर से आये हो।"

मैं हँसते हुए बोला, "लखनऊ से।"

"अरे बाबू हम सब भी लखनऊ से आये हैं। तुम्हारा नाम का है।" उस लड़के ने फिर से उसी खनकती आवाज में पूछा।

"हमारा नाम करन सिंह है, और तुम्हारा क्या नाम है?" मैं मुस्कुराते हुए उस लड़के से पूछा।

"हमार नाम कपिल सिंह है बाबू।" कपिल ऐसे बात कर रहा था कि साथ में बैठे सभी लड़के हँस रहे थे।

हम सब लोग लखनऊ वाले ही हैं। अंकित पांडे खुश हो गया। उसने कहा, "वाह भाई आप लोगों से मिलकर बहुत खुशी हुई।"

"लेकिन हमका खुशी नहीं हुई।" कपिल ने फिर कहा।

"क्यों, तुमको हमसे मिलकर खुशी क्यों नहीं हुई?" धीरेंद्र ने पूछा।

"क्या-क्या सपना देखे थे, फौज में जायेंगे, गोली चलायेंगे, दुश्मन को मार भगायेंगे। बाप का नाम रौशन करेंगे। लेकिन जब से यहाँ आये हैं कोई भी पकड़ लेता है और रगड़ देता है। अभी तक तो हथियार के नाम पर सिर्फ झाड़ू ही पकड़े हैं।" कपिल ने दुखी मन से कहा।

"कपिल भाई दुःखी न हो, गोली भी चलाने को मिलेगी।" अंकित पांडे ने कहा।

"हम दुखी नहीं है बे, हम तो मजाक कर रहे थे। तुमलोग भी दुखी मत होना।" कपिल अपनी टोन बदलते हुए कहा।

सब लोग फिर से हँसने लग गये कि चलो कपिल नाटक कर रहा था। वह दुखी नहीं है। कपिल ने फिर कहा, "हम लोगों ने खुदै उड़ती हुई तीर ले ली है।"

तभी पास बैठे अमित चौहान ने पूछा, "वो कैसे?"

"हमार बाप हमें बहुत कहत रहे पढ़ ले बेटा, पढ़ ले। लेकिन हम उनकी एक न सुनत रहे। हमारे ही गांडमस्ती रही। पढ़-लिख लेते हो शायद यह दिन न देखै का पड़त।" कपिल ने कहा।

"बात तो ठीक कह रहे हो कपिल भाई?" सब लोग अपने अतीत में खोते हुए एक साथ बोले।

कपिल सबको उनके अतीत से वापस लाने के लिये बोला, "कहाँ खो गये भाई लोगों। अब जग जाओ अब कुछ नहीं हो सकता।"

हमलोग अपने अतीत से जागे और वीरेंद्र सिंह ने कहा, "सही कह रहे हो यार। अब कुछ नहीं हो सकता। हम लोगों के बाबू जी भी कहते थे, पढ़ लो बेटा, पढ़ लो, लेकिन हम लोगों को फिलिम देखने और लौंडिया बाजी करने से फुर्सत मिले, तब न पढ़े।"

कपिल की बात बहुत देर से अमित मिश्रा सुन रहा था। उसने कहा, "कपिल भाई क्यों बच्चों का मोरल डाउन करा रहे हो। इतनी अच्छी नौकरी मिली है। सरकारी नौकरी, फौज की नौकरी और क्या चाहिए। चलो झाड़ू लगाते हैं। वरना उस्ताद आ गया तो पूरे ग्राउंड में फंटूल मरा-मरा कर झाड़ू लगवायेगा।"

"काहे उड़ती हुई तीर लेना चाह रहे हैं मिश्रा जी।" अभी बैठने का मौका मिला है बैठ लो। बाद में तो झाड़ू लगाना ही है।" राजनारायण ने कहा।

कपिल अमित मिश्रा का हाथ पकड़ कर उसे बैठाते हुए बोला, "बैठो महराज। आओ मैं आप लोगों को एक कहानी सुनाता हूँ। उड़ती हुई तीर कैसे ली जाती है?"

अभी तक कुछ लोगों को डर था कि उस्ताद न आ जाये। लेकिन जब कपिल ने कहा, "भाई कब तक डरोगे, फौजी बन गये हो। पनिशमेंट तो हमारा हक है। उसे खेल-खेल में लेने का अलग ही मजा है। बैठो कहानी सुनो।" तो हम सब लोग इत्मीनान से पालथी मार कर बैठ गये।

कपिल कहानी का शुभारम्भ कर दिया, "जब महाभारत का युद्ध शुरू हुआ,

तो अर्जुन धर्म संकट में पड़ गये कि मैं लड़ूँ, तो किससे लड़ूँ। ये सभी लोग तो मेरे अपने हैं। मैं अपने लोगों को कैसे मार सकता हूँ। अर्जुन लड़ने के लिये तैयार नहीं हो रहे थे। वो बार-बार हथियार डाल दे रहे थे।

"तो फिर क्या हुआ।" सब लोग एक साथ बोले।

तब भगवान श्रीकृष्ण ने अर्जुन को गीता का उपदेश देते हुए कहा, "पार्थ युद्ध से विचलित न हो, युद्ध करो, तीर चलाओ।"

अर्जुन भगवान श्रीकृष्ण से बोले, "हे केशव! मैं किसके ऊपर तीर चलाऊँ, मुझे समझ में नहीं आ रहा है। ये सब लोग तो मेरे अपने ही है। मैं अपनों पर तीर कैसे चला सकता हूँ?"

तब भगवान श्रीकृष्ण ने अर्जुन से कहा, "अर्जुन कोई बात नहीं, तुम हवा में तीर चला दो। बहुत से लोग ऐसे है जो उड़ती हुई तीर को भी अपने गां--- में ले लेंगे।

हमलोग भी वैसे हैं उड़ती हुई तीर को अपने पिछुवाड़े में ले रहे हैं। मौका मिला है रिलैक्स करो, चिल मारो, उड़ती हुई तीर क्यों लेना। उस्ताद आयेगा तो वह खुद ही हमसे झाड़ू लगवा लेगा।"

हम सभी लोग कपिल की कहानी को मंत्र-मुग्ध होकर सुन रहे थे। उस्ताद कब आकर हमारे पीछे खड़ा हो गया ये हमें पता ही नहीं चला। फिर तो जानते ही हो क्या हुआ। जिस उड़ती हुई तीर की बात कपिल कर रहा था। सच में हम लोगों ने अपने-अपने पिछुवाड़े में ले ली थी।

अचानक पीछे से उस्ताद की आवाज आई। वह गुस्से से लाल-पीला होकर बोला, "फौजियों उड़ती हुई तीर कैसे ली जाती है मैं तुम्हें बताता हूँ।"

हम सब लोग आवक रह गये और डर कर खड़े हो गये। उस्ताद ने कहा, "बहुत रिलैक्स कर लिये तुम लोग। अब तुमलोग शाम तक फंटूल मारते हुए झाड़ू लगाओगे।"

उस्ताद ने आदेश दिया, "फंटूल में झाड़ू शुरू करो।"

फिर क्या होना था ले कुल्हाटी-ले कुल्हाटी साथ में झाड़ू भी मार रहे थे

हमलोग। अब हम लोगों को पनिशमेंट में मजा आने लगा था। हम सब लोग मुस्कुरा रहे थे। फंटूल काट रहे थे, साथ में झाड़ू भी मार रहे थे। मुझको पीसीमल सर की बात याद आ रही थी। पनिशमेंट तो ट्रेनिंग का हिस्सा है। ट्रेनिंग को हुड़दंग में निकाल दो। हमलोग पनिशमेंट को हुड़दंग में निकाल रहे थे।

जब पनिशमेंट खत्म हुआ। सबकी पीठ लाल पड़ गयी थी। शरीर का अंग-अंग टूट रहा था। मुस्कुराहट फिर भी चेहरे पर बनी हुई थी। उस उस्ताद ने हमारी बेशर्मी को देखकर कहा, "बड़े ढीठ लौंडे हो तुमलोग, ये बताओ वो कौन था? जो तुम लोगों को उड़ती हुई तीर की कहानी सुना रहा था।"

हम सब लोग एक-दूसरे को देखने लगे गये। मगर किसी ने कपिल का नाम नहीं बताया। उस्ताद फिर पूछा, "बता दो वो कौन था जो तुम्हें उड़ती हुई तीर की कहानी सुना रहा था।"

फिर भी हमलोग बेजुबान होकर सिर को नीचे किये हुए खड़े रहे। लेकिन कपिल का नाम नहीं बताया। तब अचानक उस्ताद खुश हो गया और बोला, "बहुत अच्छे बच्चों, तुम्हारी एकता देखकर बहुत अच्छा लगा। फौज में आये हो तो मौज करो। पनिशमेंट तो ट्रेनिंग सेंटर में मिलता ही रहेगा। ये जो अभी मिला है ये पनिशमेंट नहीं है तुम्हें मजबूत बनाने की शुरूआत है। हाँ, लेकिन एक बात याद रखना कोई उस्ताद काम देता है तो उसे ईमानदारी से करो। यही एक फौजी का धर्म है।" उस्ताद लेक्चर देने के बाद हम लोगों को छोड़ दिया।

हमलोग धूल-मिट्टी से सने हुए। अपनी लाइन(बैरिक) में आये। सब लोग बकेट और मग उठाकर बाथरूम की तरफ भागे। साला सबका पीठ छिला हुआ था। नहाते समय पीठ में पानी पड़ने से ऐसा लग रहा था कि नमक का घोल किसी ने डाल दिया हो। हम सब लोग एक-दूसरे को देखकर मुस्कुरा रहे थे। कपिल बिल्कुन शांत होकर नहा रहा था। जैसे उसे कुछ मालूम ही न हो हमारे साथ क्या हुआ है।

हमलोग जैसे ही नहाकर अपनी लाइन में पहुँचे, मैंने देखा बाजू वाली चारपाई में दो लड़के और आ गये हैं। मैंने एक लड़के से पूछा, "कहाँ से आये हो?"

"बिहार से।" उस लड़के ने जवाब दिया।

"बिहारी हो?" मैंने कहा।

"बिहार से आये हैं तो बिहारी ही होंगे।" उस लड़के ने गुस्से में जवाब दिया।

"नाम क्या है तुम्हारा, और नाराज क्यों हो रहे हो?" मैंने पूछा।

"नाम हमारा पीके महतो। और नाराज़ न हो तो का करे। जब से आये हैं कोई न कोई पेले जा रहा है।" पीके ने कहा।

पीके की बात सुनकर मुझे हँसी आ गयी मैंने कहा, "बेटा ये तो ट्रेलर है, पिक्चर तो अभी बाकी है।"

अब मैंने दूसरे लड़के से पूछा, "भाई तुम कहाँ से हो?"

"हम उड़ीसा से हैं।" उस लड़के ने जवाब दिया।

"नाम क्या है तुम्हारा?" मैंने उससे पूछा।

"अशोक धुन्ना?"

"तो धुन्ना भाई कैसे लगा यहाँ आकर?"

धुन्ना बिफर कर बोला, "बहुत बुरा लग रहा है।"

"भाई इसका नाम धुन्ना है और इसे उस्ताद ने रुई की तरह धुना है।" पीके ने कहा और हँसने लग गया।

पीके महतो की बात सुनकर मुझे भी हँसी आ गयी। मैं अपनी हँसी को दबाते हुए कहा, "भाई लोगों दुःखी होने से काम नहीं होने वाला, मजे लो और समय निकालो। ट्रेनिंग में बड़ा मजा आने वाला है।"

अध्याय-18

अगले दिन सुबह चार बजे उठकर सबसे पहले हाथ में बकेट और सेविंग किट लिये हम सब लोग बाथ रूम की तरफ भागे। बाथरूम में लम्बी लाइन लगी हुई थी। इतनी लंबी लाइन देखकर मेरा प्रेशर और बढ़ गया। मेरे आगे अभी भी चार लोग खड़े थे। मैं कुछ देर इंतजार करता रहा। जब मेरा प्रेशर और बढ़ा तो मैं पेट दबाये हुए चिल्लाया, "भाई जल्दी निकलो वरना मेरा पैंट में ही हो जाएगा।"

अंदर से आवाज आई, "अभी रुको बे हमारा क़िलयर नहीं हुआ है। थोड़ा सब्र करो।"

"अब मैं सब्र नहीं कर सकता जल्दी करो वरना हमारे सब्र का बाँध फटने वाला है।" मैं अपने पेट को दबाये हुए बोला।

"जब साले तुमसे अपने पेट का दबाव झेला नहीं जाता तो इतना ठूस के क्यों खा लेते हो। दो मिनट रुको हम निकल रहे हैं।"

"अब दो मिनट भी नहीं रुक सकता भाई, निकल आओ।" मैं गिड़गिड़ाते हुए बोला।

तभी बगल वाले ने अपनी बाथरूम का दरवाजा खोला, मैं बिना रुके उसमें घुस गया। अनुराग यादव बकेट लिये मेरी तरफ देखता रह गया। फिर बोला, "करन पानी की बकेट तो लेजा।"

"अनुराग पानी की बकेट पकड़ा दे ना भाई, पहले प्रेशर तो रिलीज करने दे।"

मेरा प्रेशर जब रिलीज हुआ तो मैंने अनुराग से अपनी बकेट का पानी माँगा। अनुराग दूसरे बाथरूम से बोला, "करन मैं अब अंदर हूँ, तू किसी और से पानी माँग ले।"

मैं अंदर से बोला, "भाई कोई मेरी बकेट तो पकड़ा दो।"

"भोसड़ी के हम तुम्हारे नौकर हैं, जो बकेट पकड़ाये। लेके नहीं जा सकते थे।" बाहर से किसी ने मुझे गाली देते हुए कहा।

"अरे यार प्रेशर बन गया था जबरदस्ती घुसे हैं। इसलिए बकेट छूट गया है। पकड़ा दो यार।" मैंने कहा।

"बकेट तो पकड़ा रहे हैं लेकिन सुबह-सुबह हम कुछ देखना नहीं चाहते हैं। तुम दरवाजे के पीछे छिपे रहना। इतनी सुबह तुम्हारा देख लिये तो दिन खराब हो जाएगा।"

"यार हम छिपे हैं तुम बकेट तो दो।" मैंने कहा।

बकेट उस लड़के ने पकड़ा दिया। जैसे मैं बाथरूम से बाहर निकला सामने महेंद्र प्रताप था। मैं उसे देखकर गुस्से में बोला, "अरे कारिया तू था। तुझे पानी देने में दिक़्क़त हो रही थी। कभी तू भी बिना पानी के बाथरूम में जाना फिर देखना मैं कैसे पानी देता हूँ।"

"चल-चल निकल तू। जब मैं बिना पानी के बाथरूम जाऊँगा तब देखना।" महेंद्र मुझे झिड़क दिया। मैं मुँह लटकाये हुए बाहर आ गया।

मैं मन ही मन सोचने लग गया कि ये कौन-सी फौज है। जहाँ भी देखो वही पर लाइन लगी हुई है। खाना खाने जाओ तो मेस में लाइन, बाथरूम जाओ तो वहाँ लाइन, फोन करने जाओ तो वहाँ लाइन, कहीं भी जाओ तो लाइन में जाओ, फालिन हो तो लाइन में फालिन, दौड़ कर जाओ तो लाइन में जाओ। बैरहॉल जहाँ भी जाओ लाइन में लगना ही पड़ता है। मैं लगभग डेढ़ दिन में यही देख रहा था हर जगह लाइन है। जिस बैरिक में सोते हैं उसे भी लाइन ही कहते हैं।

सुबह सात बजे ब्रेकफास्ट का टाइम हो गया। अमित मिश्रा जी एक बकेट में पूड़ी और दूसरी बकेट में सब्जी लेकर आ गये। हम सब लोग अपनी-अपनी थाली लेकर ग्राउंड में लाइन लगाकर बैठे थे। अमित मिश्रा जी पूड़ी बाँटने लगे और अमित चौहान सब्जी। मिश्रा जी ने सबको चार-चार पुड़िया दे दी। पूड़ियों की साइज देखकर सबकी भूख और बढ़ गयी। तभी कपिल ने अमित मिश्रा से कहा, "मिश्रा जी एक पूड़ी और मिलेगी क्या?"

"कपिल भाई, पूड़ियाँ तो गिनती से ही मिली है, एक भी ज्यादा नहीं है।"

"झांट इन पूड़ियों से फिर तो कुछ होने वाला नहीं है।" कपिल गुस्से में बोला।

"किया भी क्या जा सकता है कपिल भाई। इसी से काम चलाओ।" अमित मिश्रा ने कहा।

"अरे मिश्रा, जब हमारा पेट इन चार पूड़ियों से नहीं भरता है तो आपका कैसे भरेगा। आप तो माशाल्लाह लम्बे चौड़े छः फूटा आदमी हो? ये पूड़ियाँ तो आपके हलक से नीचे उतरने से पहले ही गायब हो जाती होगी।" कपिल ने कहा।

"अब किया भी क्या जा सकता है जो मिल रहा है उसी से पेट भर रहें हैं।" मिश्रा जी बकेट में देखते हुए बोले।

तभी मुकेश बोला, "मिश्रा जी बकेट तो दिखाओ।शायद एक-दो पूड़ियाँ बची हो।"

"सिर्फ चार पूड़ी ही नहीं बची है यार। वो मेरे लिये है।" मिश्रा जी बकेट को दूर हटाते हुए बोले।

"फिर भी दिखाओ तो सही।" मुकेश जिद करते हुए बोला।

"ठीक है देख लो बकेट, लेकिन एक शर्त है जो बकेट देखेगा। वही इसकी धुलाई करेगा।" मिश्रा जी ने कहा।

धुलाई के डर से मुकेश ने कहा, "रहने दो फिर, एक पूड़ी से वैसे भी पेट तो भरने वाला है नहीं।"

मुकेश ने मना कर दिया बकेट देखने से, लेकिन बकेट के अंदर चार नहीं आठ पुड़िया बची हुई थी। जिन्हें देखकर मिश्रा जी अन्तर्मन से बहुत खुश हो रहे थे फिर जब हम सब लोग ब्रेकफास्ट करके अपनी-अपनी थाली धोने चले गये तो मिश्रा जी बची हुई पूड़ियों को अपने मुँह में जल्दी-जल्दी ठूँसने लग गये। जिससे कोई देख न ले।

* * *

सेंटर में आते ही हम लोगों का फोन जमा हो ही गया था। उसके बाद मौका भी नहीं मिला कि वर्षा से बात कर ली जाए। वर्षा भी मुझे जरूर फोन करती रही होगी, मगर मेरा फोन कैसे लगता क्योंकि फोन जमा होते ही स्विचऑफ कर दिया गया था।

मेरा मन भी वर्षा से बात करने का होता था, लेकिन फौज में समय निकलना बड़ा मुश्किल होता है। आज मैं कट मार कर वेटकैन्टीन पहुँच गया। वेटकैन्टीन में दो टेलीफोन बूथ थे। जिनमें एक रुपये का एक सिक्का डालो और एक मिनट बात करो।

दोनों फोन पर लाइन लगी हुई थी। मैं लाइन देखकर निराश हो गया। मगर आज मैं जिद करके आया था कि मैं वर्षा से बात करके ही जाऊँगा।

मैं बनिया को दस का नोट देकर एक-एक के दस कॉइन लेकर लाइन में खड़ा हो गया। लगभग एक घंटे के बाद मेरा नम्बर आया। मैंने वर्षा का नम्बर डायल किया, रिंग गयी और मेरी खुदक़िस्मती थी कि फोन वर्षा ने ही उठाया। उसने पूछा, "हैलो कौन?"

मैं वर्षा की आवाज सुनकर खुश हो गया। मैंने जवाब दिया, "वर्षा मैं करन?"

वर्षा गुस्सा होकर बोली, "आज तुम्हें टाइम मिला है मुझसे बात करने को, मुझे लगा तुम मुझे भुला दिये।"

"अरे नहीं वर्षा, मैं तुम्हें कैसे भुला सकता हूँ, तुम तो मेरी जान हो। आज बड़ी मुश्किल से मैं समय निकाल कर तुमसे बात करने आया हूँ।"

"तुम्हारा फोन क्यों स्विचऑफ आ रहा है?" वर्षा ने पूछा।

"यहाँ पर सबका फोन जमा हो जाता है, मेरा भी जमा हो गया है, इसलिए स्विचऑफ है।" मैंने जवाब दिया।

"तुम्हारा मन ट्रेनिंग में लग रहा है न?" वर्षा ने मुझसे पूछा।

"मन कहाँ लग रहा है वर्षा, दिनभर ऊलूल-जलूल काम करवाते हैं। मन

तो कर रहा है कि मैं भाग आऊँ।" मैं बुझे मन से कहा।

"ऐसी बात नहीं करते, तुम निराश मत हो, तुम अपनी ट्रेनिंग में ध्यान दो। तुम मेरी चिंता न करो मैं ठीक हूँ। तुम दिल लगाकर ट्रेनिंग करो।" वर्षा ने कहा।

मेरा ध्यान वर्षा की तरफ कम और फोन में कॉइन डालने में ज्यादा हो रहा था। वर्षा की बात से ज्यादा मेरा ध्यान फोन में चल रहे सेकेंड की तरफ था। कब मेरे हाथ के दस सिक्के खत्म हो गये मुझे पता ही नहीं चला। आखरी दस सेकेंड होते ही मैंने वर्षा से कहा, "आई लव यू वर्षा।" वर्षा मेरे आई लव यू का जवाब देती उससे पहले फोन कट गया। लेकिन मैं खुश था कि मेरी वर्षा से बात तो हो गयी। उसकी आवाज की मिठास ही मेरे लिये गुलुकोज का काम कर रही थी। मैं नयी ताजगी के साथ और दबे पाँव वापस अपनी लाइन की तरफ जाने लग गया। जहाँ पर हवलदार पीसी मल मेरा इंतजार कर रहा था।

मैं चुपके-चुपके लाइन में जा रहा था तभी पीछे से आवाज आयी, "कहाँ से आ रहा है करन सिंह?"

मैं डरते हुए कहा, "सर वेटकैन्टीन से।"

"वेटकैन्टीन किस लिये गये थे?"

"सर फोन करना था।"

"किसको फोन करना था?"

"सर गर्लफ्रेंड को।"

"वो लड़का जवान भी नहीं हुआ, और गर्लफ्रेंड बना लिया है। चलो अब इस दीवार में पैर ऊपर और हाथ नीचे करके खड़े हो जाओ।"

मैं मुस्कुराते हुए हाथ जमीन में और पैर दीवार में रखकर खड़ा हो गया। हवलदार पीसी मल ने पूछा, "कैसे लग रहा है?"

"अच्छा लग रहा है सर।" मैं उसी पोजीशन में जोर से बोला।

"अच्छा लग रहा है तो ऐसे ही खड़े रहो, कहकर पिसी मल चले गये। पीसी मल के जाते ही मैं अपने पैर को दीवार से नीचे किया और वहीं बैठ गया।

लगभग आधे घंटे के बाद पीसी मल आते दिखाई दिये तो मैं सेम पोजीशन में हो गया।

पीसी मल ने आकर पूछा, "अब कैसा लग रहा है?"

"बहुत दिक्कत हो रही है सर।"

"तो फिर आज के बाद गर्लफ्रेंड से बात करने नहीं जाएगा।"

"नहीं जाऊँगा सर।"

"ओए कैसा फौजी है तू, पनिशमेंट के डर से अपनी गर्लफ्रेंड से बात भी नहीं करेगा। धिक्कार है तुझ पर।" पीसी मल ने मुस्कुरा कर कहा।

"सर फिर अभी जाने दीजिए बात करने के लिये, बाद में चाहे जो पनिशमेंट दे देना।" मैंने कहा।

"ऐसा कभी होता है फौज में, पहले जाने दो फिर पनिशमेंट दे देना। तू कहीं नहीं जायेगा। मेरे कहने का मतलब था अगर किसी से बात करना है तो ऑफ टाइम में बात करने जाना। परेड टाइम में नहीं। समझे।"

"समझ गया सर।"

"ओके अब खड़ा हो जा।" हवलदार पीसी मल ने आदेश दिया।

मैं खड़ा हो गया। खड़ा होते ही मुझे चक्कर आने लग गये। मैं जैसे ही अपने हाथ को अपने सिर पर रखा।

पीसी मल ने पूछा, "क्या हुआ?"

"सर चक्कर आ रहा है।" मैंने जवाब दिया।

"चक्कर आ रहे है तो सेम पोजीशन में हो जा।" पीसी मल ने फिर से कहा।

मैंने हड़बड़ा कर कहा, "अब ठीक हूँ सर।"

"ओके। तुम जिस काम से कट मार कर आया है अब मुझे वही मिलना समझे।"

"समझ गया सर।"

"तो फिर खड़ा क्यों है जल्दी निकल।"

मैं जय हिंद श्रीमान बोला और अपने काम के लिये निकल गया।

* * *

चार दिन बाद कोर रीयूनियन डे है। सुबह से शाम तक हम लोगों को जुबली ग्राउंड के गड्ढे भरने के काम में लगा दिया गया। काम भी ऐसा जिसको करने के लिये हम सभी लोगों ने कभी सोचा नहीं होगा। मिट्टी अपनी बकेट में भर कर ग्राउंड में जो भी गड्ढा थे उन्हें भरना था। गड्ढा भरते हुए कपिल ने अमित मिश्रा से कहा, "मिसिर जी देख रहे हो न, कौन से गड्ढे भरवाये जा रहे हैं?"

"देख तो रहे हैं, लेकिन ये गड्ढे नहीं बिल है जिनमें चींटियां नहीं घुस सकती, उन बिलो को हमसे भरवाया जा रहा है।" अमित मिश्रा मुँह लटका कर बोले।

"कोई बात नहीं मिश्रा जी, जो काम मिला है उसे करते रहना चाहिए।" मैंने कहा।

"यार कोर्स कब खुलेगा? ट्रेनिंग पूरी हो जाती तो छुट्टी चलते। अब मन नहीं लग रहा है।" मिश्रा जी बोले।

"कोर डे हो जाये तो ट्रेनिंग भी शुरू हो जाएगी।" अमित चौहान ने कहा।

तीन दिन तक हम सब लोग जुबली ग्राउंड के गड्ढे भरते रह गये।

आज कोर रीयूनियन डे है। जुबली ग्राउंड किसी मैरिज हाल से भी ज्यादा सजा हुआ है। ग्राउंड के एक ओर स्टेज तैयार किया गया है। जिसमें रात आठ बजे दिलेर मेहदी का लाइव प्रोग्राम होगा। ग्राउंड के चारों तरफ प्रोजेक्टर लगे हुए हैं। मैं जुबली ग्राउंड की सजावट को देखकर भौचक्का था। क्योंकि मैं गाँव का रहने वाला पहली बार इतनी सजावट भरा कोई ग्राउंड देखा था। दिलेर मेहदी के बहुत से गाने सुने थे आज उनका लाइव प्रोग्राम भी देखने को मिलेगा, इसलिए मैं खुश भी था।

शाम सात बजे पीसी मल ने विसिल बजाई। सब लड़के इक्कठा हो गये।

हवलदार पीसी मल ने आदेश दिया, "दस मिनट में सब लोग सिविल ड्रेस पहन कर मुझे यहाँ चाहिए।"

दस मिनट में हम सब लोग सिविल ड्रेस में उपस्थित हो गये। अब हवलदार पीसी मल ने कहा, "आप लोगों को पता है न आज अपने कोर का रीयूनियन डे है। आप सभी लोगों को उसमें शामिल होना है। सब लोग शांत होकर दिलेर मेहदी का प्रोग्राम देखना। खाने-पीने की व्यवस्था की गयी है, वह आप लोगों तक आती रहेगी। कोई इधर-उधर नहीं घूमेगा। क्योंकि आज बड़े-बड़े अफसर साहब आये हुए हैं। अब गाँव की आदत छोड़ देना, तुमलोग फौजी बन गये हो और फौजी जैसे ही पेस आना। और सबसे इम्पोर्टेंड बात ये है कि तुमलोग दारू वाले काउंटर के पास भटक भी नहीं जाना। वरना बाद में समझ सकते हो क्या होगा।

दारू की बात सुनते ही पीके के मुँह में पानी आ गया। वह धीरे से मुझसे बोला, "वही होगा जो होता है, आज तो एक पैग बनता है।"

मैं और धीरेंद्र पीके की बात सुनकर मुस्कुरा दिये। पीसी मल का लेक्चर खतम हो गया। हम सब लोग जुबली ग्राउंड पहुँच गये। हम लोगों को एक तरफ लगी कुर्सियों पर बिठा दिया गया। कुछ ही देर में दिलेर मेहदी आकर अपना प्रोग्राम शुरू कर दिये। सबसे पहले सरस्वती माँ का वन्दन गीत हुआ, फिर काला कौआ काट खायेगा गाने की शुरूआत हो गयी। तब तक उस्ताद लोगों में दो-दो पैग बँट चुके थे। कुर्सियाँ अब एक तरफ सरका कर लोग थिरकने लगे थे। स्नेक्स बँट रहा था। पीके मुझसे बोला, "चल एक-एक पैक टिका कर आते हैं। तभी डान्स होगा।"

मैंने कहा, "मैं नहीं जाऊँगा तू जा। वह चला गया।"

मैं पीके के साथ इसलिए नहीं गया था क्योंकि मुझे पीसी मल का डर था। जैसे पीके आया उसके हाव-भाव बदले हुए थे। वह डान्स करने लग गया। अब मेरा भी मन कर रहा था कि मैं भी एक पैक टिका लूँ।

मैंने पीके को पकड़ कर कहा, "यार एक पैक मेरे लिये भी ला दे।"

पीके बोला, "चल मैं तेरे साथ चलता हूँ, तू अपने लिये पैक लेना, मैं अपने लिये।"

"साले ज्यादा मत पीना वरना पीसी मल जान गया तो गांड तोड़ देगा हमारी।"

"कुछ नहीं होता बे, तेरी तो बिना वजह ही फटती रहती है।"

"चल फिर।" अब मैं भी निडर होकर सोमरस के लालच में पहुँच गया।

पीके ने पैक लिया और एक ही साँस में खत्म कर दिया। मैं जैसे ही अपने पैक का एक घूँट पिया कड़वा लगने की वजह से मेरी पीने की हिम्मत नहीं हुई। तब पीके बोला, "भोसड़ी के जल्दी खत्म कर वरना सच में पीसी मल आ गया तो गांड तोड़ेगा।"

मैं भी फटाक से पैक को निगला और डान्स करने चला गया। अब दिलेर मेहदी समाँ बाँध चुके थे। पूरे ग्राउंड की कुर्सियाँ इकट्ठा हो गयी थी और पूरे ग्राउंड में डांस होने लगा था हम दोनों भी डान्स करने लग गये। हम दोनों को देखकर अंकित पांडे और धीरेंद्र भी एक-एक पैक टिकाकर आ गये थे।

अब जैसे ही दिलेर मेहंदी ने तुनक तुनक तुनक गाना स्टार्ट किया पूरे ग्राउंड में ठुमक ठुमक ठुमक कर ठुमके लगने लगे। लोग बड़े मजे ले लेकर के डांस कर रहे थे पीके को दो पैक से नहीं हुआ। वह तीसरे पैक के लिये निकल पड़ा और जब टिका कर आया तो उसके कदम उसका साथ नहीं दे रहे। वह लड़खड़ा कर बार-बार गिर रहा था। सामने खड़ा पीसी मल उसे ही देख रहा था।

मैं पीके को रोकते हुए बोला, "साले पीसी मल देख रहा है तुझे।"

पीके मेर बात सुनकर बोला, "पीसी मल की... ऐसी की तैसी। आज तेरा भाई जमकर नाचेगा। कहते हुए पीके जमीन पर गिर पड़ा।

मैंने पीके को संभाल रहा था लेकिन वह दिलेर मेंहदी के गाने में नागिन डान्स कर रहा था। रात बारह बजे तक प्रोग्राम चलता रहा फिर खाना शुरू हो गया। खाना खाने के बाद जैसे ही हम लोग अपने लाइन में पहुँचे। पीसी मल की विसिल बज गयी। फालिन हो गया। पीसी मल ने पूछा, "मेरे मना करने के

बावजूद किस-किस ने दारू पी है।"

हम सब लोग शांत होकर खड़े रहे। कोई कुछ नहीं बोला। तब पीसी मल ने कहा, "जो बता देगा मैं उसे पनिशमेंट नहीं दूँगा। वरना आज रात भर सब लोग यहीं खड़े रहोगे।"

पीके ने हाथ उठा दिया और कहा, "सर मैंने पी है।"

"और किसी ने पी है?" पीसी मल ने पूछा।

"फिर किसी ने कोई जवाब नहीं दिया। पीसी मल ने पीके से पूछा, "मेरे मना करने के बावजूद तूने क्यों दारू पी है।"

"सर डान्स करने में मजा ही नहीं आ रहा था।" पीके नशे में बोला।

"गुड शाबास, तूने दारू पीकर क्या डान्स किया है मजा आ गया, शाबास। तू जा सो जा।"

पीके सोने चला गया। बाकी हमलोग ग्राउंड में रात भर उठक-बैठक, फंटूल बैकरुल लगाते रह गये।

अध्याय-19

कोर डे के एक दिन बाद हमारी ट्रेनिंग का कोर्स ओपन हो गया। एक कोर्स में चालीस लोग होते हैं और एक साथ दो कोर्स ओपन होते थे। हर कोर्स में दो सीनियर बनाये जाते थे। जिनको फर्स्ट चैंपियन और सेकेंड चैंपियन कहा जाता था। हमारा फर्स्ट चैंपियन था अमित मिश्रा और सेकेंड चैंपियन था अमित चौहान। इन दोनों का काम बहुत ही जिम्मेदारी का होता है। चालीस लड़कों की पल-पल की खबर कोर्स चैम्पियन को रखनी पड़ती है। अगर गलती कोई भी करे सबसे ज्यादा सजा चैंपियन को मिलती थी फिर पूरे कोर्स को। फौज में गलती एक करता है सजा पूरा कोर्स खाता है।

अब हमारी ट्रेनिंग शुरू हो गयी। सुबह साढ़े तीन बजे उठकर सबसे पहले सेविंग करके, मुँह में टूथब्रश डाले सब लोग बाथरूम जाते। जल्दी से फ्रेश होकर और नहाकर वापस आने के बाद, पीटी ड्रेस पहनकर बकेट में ट्रेनिंग का सामान लेकर हाथ में झाड़ू लिये जो एरिया मिलता उसमें झाड़ू लगाकर, सुबह के पाँच बजे पीटी ग्राउंड में पहुँचना होता था। अगर देर हो जाये तो पनिशमेंट मिलती थी। और किसी एरिया में झाड़ू न लगे तब भी पनिशमेंट मिलता है।इसलिए बिना लाग-लपेट के हम सब लोग अपने एरिया में झाड़ू लगाकर पीटी में समय से पहुँचने की कोशिश करते थे।

पीटी में सबसे पहले पाँच किलोमीटर की दौड़ होती। दौड़ के बाद ग्राउंड में एक घंटे तक हमें पीटी कराई जाती थी। पीटी भी धुंआधार, कभी इधर जाओ, कभी उधर जाओ। सिटअप, बैंडटच, गड्ढा जम्प, रोप वे चढ़ना, मंकी रोप करना, फंटूल काटना, फ्रॉग जम्प और न जाने क्या करना पड़ता था।

पीटी समाप्त होने के बाद सिर्फ आधे घंटे का समय मिलता था। उस आधे घंटे में हमें ट्रेनिंग एरिया में पहुँचना भी होता था। ड्रेस भी चेंज करनी पड़ती था। साथ में ब्रेकफास्ट करके जिस सब्जेक्ट की क्लास होती थी। उस जगह पहुँचना भी होता था। अगर एक मिनट भी लेट हो गये, तो फिर मजा ही आ जाता था। क्लास बंद सिर्फ रगड़ा मिलता रहता था।

सबसे ज्यादा मजा हमें फायरिंग रेंज में आता था। क्योंकि फायरिंग कराने का जिम्मा हवादार आज़ाद अहमद को मिलती थी। वो हमारे कोर्स को देखते ही जमीन में बैठा देता था। और कहता था, "सरकार ने बहुत-सी डांगरी दिया हुआ है। मैं तुम लोगों को जब तक नहीं छोड़ूँगा जब तक सबकी डांगरी फट नहीं जाएगी। हमलोग आजाद अहमद के इशारे पर पूरे ग्राउंड लेटे हुए चक्कर काटते रहते थे। फिर क्रोलिंग करते हुए हमें फायरिंग रेंज तक जाना पड़ता था।"

उसका कहना था कि, "पहले पनिशमेंट दे देने से आपलोग फायरिंग रेंग में गलती नहीं करोगे। क्योंकि फायरिंग में एक गलती से किसी की जान भी जा सकती है।"

हम लोगों को फायरिंग करने में बहुत मजा आता था। फायरिंग में सबको जितने भी राउंड मिलते थे। उनके खाली खोके गुम नहीं होना चाहिए। अगर खाली खोका गुम हो गया तो समझो आफत ही आ गयी है। एक बार एक खाली खोका ढूँढने के लिये दोपहर से शाम हो गयी। हवलदार आजाद अहमद बोले, "मुझे नहीं पता तुमलोग जब तक खाली खोका नहीं ढूँढ लेते फायरिंग रेंज की खाख छानते रहोगे।" सच में जब तक हम सब लोग फायरिंग रेंज की खाक को छान नहीं मारे। और खाली खोके को ढूँढ कर निकाल नहीं लिया तब तक हमारी जान नहीं छूटी।

ट्रेनिंग में हमें कई तरह के हथियारों को खोलना और जोड़ना सिखाया जाता था। उनके पुर्जो के बारे में बताया जाता था। फायरिंग की पोजीशनों के बारे में बताया जाता था। फायरिंग करते समय क्या-क्या सावधनियाँ बरतनी है बताया जाता था।

ट्रेनिंग में एक मोटो हर दिन हर उस्ताद जरूर कहता था, "आज ट्रेनिंग में जितना पसीना बहाओगे। लड़ाई के दौरान उतना खून कम बहेगा। इसलिए ट्रेनिंग में जितना हो सके उतना पसीना बहाओ।"

ट्रेनिंग में सबसे कठिन काम था ड्रिल का। ड्रिल की क्लास का नाम सुनकर ही सबके होश उड़ जाते थे। ड्रिल के समय बेल्ट इतनी टाइट बाँधनी पड़ती थी कि हमारी कमर सिकुड़ कर आधी हो जाती थी। एक-दो-एक करते-करते गला

सूख जाता था। लेकिन तब भी हमें एक-दो-एक चिल्लाते हुए ड्रिल करनी पड़ती थी। कदम न मिलने पर जमकर कुटाई भी होती थी।

अंकित पांडे सरमोनियम परेड में ड्रिल कर चुका था। इसलिए मैं हर शाम अंकित पांडे से ड्रिल सीखता था। अंकित पांडे की ड्रिल देखकर माशाअल्लाह सब लोग खुश हो जाते थे। वह क्या ड्रिल करता था। सब लोग यही कहते थे कि, "अंकित पांडे ड्रिल में एक बार में पास हो जायेगा।"

एक हफ्ते में एक बार हमारी आरडी परेड होती थी। आरडी परेड के दिन हम लोगों को ट्रेनिंग में न जाकर मेस में खाना बनाना होता था। खाना बनाना भी सबसे कठिन काम था। सुबह तीन बजे उठकर पूरा कोर्स लगभग आठ से दस हजार पूड़ियाँ बेलता। जब पूड़ियाँ बन जाती तो दो लोग रुक जाते पूड़ियाँ बाँटने के लिये बाकी सब लोग तैयार होने चले जाते थे। जैसे ही हमलोग तैयार होकर आते दोपहर की सब्जी की कटिंग शुरू हो जाती। सब्जी काटते-काटते ही सबके हाथ में दर्द शुरू हो जाता था। फिर दोपहर के लिये रोटियाँ बनानी पड़ती थी। रोटियाँ भी सौ दो सौ नहीं सात से आठ हजार रोटियाँ। दो लोग आटा मसीन में आटा गूँथते थे। बाकी के लोग रोटियाँ बेलने और सेंकने में लग जाते। एक आदमी रोटियाँ गिनने में लगा रहता। रोटियाँ बनाने में देर हो जाये या रोटियाँ कम पड़ जाए तो भी पनिशमेंट मिलता था। लेकिन अब हम लोगों को पनिशमेंट से न तो डर लगता था न ही हमारी रोटियाँ कभी आठ हजार बन पाई।

एक बात और जिस दिन हमारे कोर्स का आरडी परेड होती उस दिन दूध से मलाई कोई निकाल कर खा जाता था। जब मेस कमांडर दूध देखता और उसे उस पर मलाई न दिखती तो वह हम लोगों को जमकर फंटूल कटाता था। लेकिन अभी तक ये पता नहीं चला था कि मलाई चोर कौन है। फिर एक बार हमारी आरडी परेड थी। हम सब लोग रोटी बनाने में व्यस्त थे। तभी महेंद्र सिंह चुपके से गया और अपने मग में गर्म दूध के ऊपर जितनी मलाई थी भर रहा था तभी मेस कमांडर आ गया। उसने महेंद्र सिंह को मलाई निकालते हुए पकड़ लिया। उसने महेन्द्र सिंह से पूछा, "महेंद्र क्या कर रहा है?"

महेंद्र को काटो तो खून नहीं उसका शरीर सुन्न पड़ गया। अब वह क्या

बोलता बेचारा चुप रह गया। तब मेस कमांडर ने महेंद्र को कहा, "अपना मग ले और चल सबके सामने।"

महेंद्र मग लेकर आ गया सबके सामने। तब मेस कमांडर बोला, "अमित देख तेरे कोर्स का मलाई चोर आज पकड़ा गया है।"

हम सबको विश्वास ही नहीं हुआ कि हर बार महेंद्र मलाई चुराकर खा जाता था और पनिशमेंट हम लोगों को मिलती थी। अब मेस कमांडर ने महेंद्र से पूछा, "महेंद्र अब तुझे क्या सजा दी जाए।"

महेंद्र बोला, "सर जो आपकी इच्छा।"

"सबसे पहले तू आज के बाद दूध के पास जाएगा भी नहीं।"

"ठीक है सर, मैं आज के बाद दूध के पास नहीं जाऊँगा।" महेंद्र ने कहा।

"अब ये मलाई खाकर जल्दी से दीवार में पैर रखकर उलटा खड़ा हो जा।"

"महेंद्र में मलाई खाई और पैर दीवार में रखकर उल्टा खड़ा हो गया।" मेस कमांडर उसे उल्टा खड़ा करके चला गया।

लगभग डेढ़ घंटे हो गये तब तक महेंद्र पैर ऊपर और हाथ नीचे करके खड़ा रहा। दर्द से उसके हाथ-पैर काँपने लग गये थे। मगर हँसी उसके चेहरे से गायब नहीं हुई थी। जब मेस कमांडर आया और महेंद्र को मुस्कुराता हुआ देखा तो उसने महेंद्र को खड़ा कर दिया और बोला, "निर्लज्ज, अभी भी मुस्कुरा रहा है। आज तू पूरे मेस की अकेले ही साफ-सफाई करेगा।" मेस कमांडर ने महेंद्र को पूरे मेस की सफाई पर लगा दिया।

दोपहर का खाना बनाते ही शाम के खाने और सुबह ब्रेकफास्ट की सब्जी की कटिंग भी शुरू हो जाती थी। फिर शाम के लिये रोटियाँ बनाने में भी सबके दाँतों तले पसीना आ जाता था मगर रोटियाँ पूरी बन नहीं पाती थी। जब सब काम खत्म हो जाता तो मेस की साफ-सफाई करके ही हमें छूट मिलती थी। इन सब कामों में रात के बारह बज जाते थे।

एक और बात दिनभर ट्रेनिंग करने के बाद जब रात को नौ बजे लाइट

ऑफ की विसिल बजती थी। लाइट ऑफ में जितने भी कोर्स थे सब लोग फालिन हो जाते। सभी कोर्स की नफरी गिनी जाती और दो घंटे लेक्चर दिया जाता। अगर दिन में कोई कोर्स गलती किया है तो उस कोर्स को रात में रगड़ा भी मिलता था। एक दिन की बात है पुढेन्दर पाल लाइट ऑफ में खड़ा होकर सो रहा था। एक उस्ताद यही चेक करता था कि लाइट ऑफ में कौन सो रहा था। कौन मुक्ति ड्रेस में नहीं है, कौन मुक्ति शू नहीं पहना है, कौन शू के अंदर शॉक्स नहीं पहना है। यह उस्ताद जिस किसी को सोता देखता पीछे से जाकर उसके पीछे जोर से थप्पड़ मारता था। पुढेन्दर पाल मेरे आगे खड़ा होकर सो रहा था। उस उस्ताद ने आकर पुढेन्दर के सिर पर जोर से थप्पड़ मारा। पुढेन्दर को लगा कि हम लोगों में से किसी ने उसे मारा है। उसने आव देखा न ताव गाली देते हुए जोर से कहा, "भोसड़ी के, माँ चोद दूँगा उसकी जिसने मुझे मारा है।"

वह उस्ताद मुँह दबा कर भाग खड़ा हुआ। पूरे ग्राउंड में जोर का ठहाका लग गया। उस दिन के बाद वह उस्ताद फिर से किसी को सोते हुए मारने के लिये नहीं आया।

ट्रेनिंग के साथ-साथ दिन में आरपी और रात में नाइट ड्यूटी भी लगती थी। जिस दिन ड्यूटी या आरपी होती। उस दिन थोड़ा रिलैक्स मिल जाता था। इसलिए हम लोग ड्यूटी का इंतजार करते थे।

ट्रेनिंग के बीच-बीच में जंगल कैम्प की ट्रेनिंग भी होती थी। जंगल कैम्प में जाकर सब लोगों को अपने-अपने ट्रेंच में छिप कर बैठना होता था। वहाँ पर अपने ड्यूटी का एरिया भी बताना पड़ता था। जंगल कैम्प हमें एक पिकनिक की तरह लगता था। वहीं पर हमलोग चाय बनाते ब्रेकफास्ट और लंच करते थे।

हमारी ट्रेनिंग छह महीने की थी। धीरे-धीरे ट्रेनिंग समाप्त की ओर बढ़ रही थी। पीटी, क्लास, फायरिंग, ड्रिल, डब्ल्यू टी क्लास, ऑट्रिकल में लटकते-कूदते-फांदते हुड़दंग मचाते हुए हमारी ट्रेनिंग समाप्त के नजदीक आ गयी। छह महीने हम लोगों ने ऐसे बिताए कि हमें पता ही नहीं चला कि हमारी ट्रेनिंग कब खत्म होने वाली है। अब हमारे टेस्ट शुरू होने वाले थे।

सबसे पहले हमारा पीपीटी का टेस्ट होना था। जिसमें नौ मिनट में 2.4

किलोमीटर की दौड़ होनी थी। हमारा पीपीटी का टेस्ट हुआ। हम सब लोग पीपीटी टेस्ट की दौड़ में पास हो गये।

अब अगले दिन बीपीटी का टेस्ट था। बीपीटी का नाम सुनकर सबकी हवा टाइट हो जाती थी। क्योंकि बीपीटी में पिट्ठु, पोचीस और हथियार लेकर दौड़ना पड़ता था। दौड़ भी पाँच किलोमीटर की होती थी। बीपीटी के नाम से मेरी और कपिल की बहुत फटती थी। कपिल एक दिन पहले से ही ताल ठोकता और कहता कि मैं कल बीपीटी में फाड़कर निकल जाऊँगा। मगर सौ मीटर दौड़ने के बाद ही हथियार डाल देता था।

आज बीपीटी का टेस्ट था। हमारे साथ में हमारे सीनियर कोर्स के तीन लोग जो बीपीटी टेस्ट में फेल हो गये थे। वो भी टेस्ट देने आये थे। जिनका नाम टाटे बीएम, मूर्तण्डेय और भाले राव था। जैसे ही बीपीटी का गो हुआ सब लोग दौड़ने लगे। कपिल दो सौ मीटर में ही रुक गया। उसे राहुल और महेंद्र जबरदस्ती खींच कर ले जाकर पास कराए थे। बीपीटी में भी हम सब लोग पास हो गये।

अब आयी ग्राउंड टेस्ट की बारी। सबसे पहले रोप चढ़ना था। रोप में भी सब लोग पास हो गये। फिर मंकी रोप की बारी आयी। मंकी रोप में भी हम सब लोग पास हो गये। अब आयी नौ फिट के गढ्ढा जम्प की जिसे देखकर मेरी बहुत फटती थी। मुझे गढ्ढा जम्प से कभी डर नहीं लगा था। लेकिन मैं जिस दिन पहली बार डीएमएस बूट पहना था। उसी दिन गढ्ढा जम्प करने पहुँच गया था। डीएमएस बूट को पहली बार पहनकर जब में गढ्ढा जम्प किया था तो मैं गढ्ढे में ही गिर गया था। तब से मेरे अंदर जो डर बैठा था अब तक नहीं निकला था।

एक-एक करके सब लोग गढ्ढा जम्प करते गये। अब बारी आई मेरी। मैं दौड़कर गढ्ढा के पास आया और रुक गया। मुझे देखकर पीटी उस्ताद बोला, "करन गढ्ढा जम्प कर ले वरना फेल हो जाएगा। फिर से बीपीटी दौड़नी पड़ेगी।"

अब मैं दुबारा दौड़कर आया और धीरे से गढ्ढे में कूद गया। पीटी उस्ताद बोला, "बेटा फेल हो जाएगा। अगर तू गढ्ढा जम्प नहीं किया तो।"

मेरे सभी साथी मुझे प्रोत्साहित कर रहे थे वो कह रहे थे, "करन जम्प, नौ

फिट ही तो है।" लेकिन गढ़े को देखकर मेरी फट रही थी। मैंने कहा, "मुझसे नहीं होगा यार।"

फिर पीटी उस्ताद ने कहा, "चल मैं तेरा साथ देता हूँ, तू डर मत, मैं तुझे गढ़े में गिरने नहीं दूँगा।" और उसने मुझे दौड़ाते हुए मेरी बेल्ट पकड़ कर मेरे साथ जम्प किया। मैं डर के मारे तो जम्प किया नहीं था। पीटी उस्ताद भी मेरे साथ गढ़े में गिर गया। उसको चोट लग गयी। वह गुस्सा होकर मुझे गाली देने लगा और कहा, "अब तेरा लास्ट चांस है अगर गढ़ा जम्प नहीं कर पाया तो फेल है तू।"

मुझे अब लास्ट चांस मिला था मैं दौड़कर आया और गढ़े के पास एक सेकेंड से भी कम के लिये रुका गया फिर मैं जम्प मार दिया। मैंने जैसे ही जम्प मारा मैं गढ़े से दो फिट आगे कूद गया था। मैं गढ़ा जम्प में भी पास हो गया। अब मेरा डर भी गायब हो गया। मैं उस दिन फिर कई बार गढ़ा जम्प करता रहा। जिससे मेरा डर खत्म हो जाये।

बीपीटी टेस्ट खत्म होते ही एक उस्ताद आकर बोला, "ये बताओ कि कट मारकर एमआई रूम में कौन छिप गया था।"

हमारे सभी लोग बोले सर हम लोग कट नहीं मारे। तभी हमारे जोड़ी कोर्स का सीएचएम आकर बोला, "मेरे लड़के कट मार ही नहीं सकते हैं। जरूर 31 कोर्स ने कट मारा है।"

अब फिर क्या था एक सीएचएम ने कह दिया था कि 31 नम्बर कोर्स ने कट मारा है। उस दिन बीपीटी के बाद से हम सबको रगड़ा मिलने लगा। सुबह आठ बजे लेकर रात के ग्यारह बजे तक हम लोग पनिशमेंट में ही रहे थे। अब अकेले पनिशमेंट मिले तो माइंड भी किया जा सकता है। मगर पूरे कोर्स के साथ पनिशमेंट मिले तो हुड़दंग होती है। छह महीने की पूरी ट्रेनिंग में जो-जो करतब हमें करना पड़ा था। वह सब आज के दिन करना पड़ रहा था। जब रात को पनिशमेंट खत्म हुआ हम सब लोग मुस्कुरा कर खड़े हो गये। यही तो फौज है। कि कितना भी कष्ट झेले हो लेकिन शिकस्त चेहरे पर कभी आने ही नहीं देता है।

अब अगले दिन ड्रिल का टेस्ट था। सुबह नौ बजे से ड्रिल का टेस्ट शुरू हो गया। हम लोगों को एक-एक करके बुलाया जा रहा था। सबको सावधान होकर

सोलह कदम लेफ्ट राइट लेफ्ट करते हुए जाना था। फिर पीछे मुड़कर वापस आने के बाद टेस्ट ले रहे ऑफिसर को सैल्यूट मार कर अपना नाम और रैंक बताना होता था। जैसे ही आप अपना परिचय बता दिये। फिर सैल्यूट मारकर वापस अपनी जगह पर आना होता था। हम सब लोग ड्रिल में पास हो गये। मगर अंकित पांडे सरमोनियम परेड वाले उस दिन फेल हो गये।

अंकित पांडे के फेल होने पर सब लोग बहुत हँसे क्योंकि जो बन्दा पूरे कोर्स को ड्रिल सिखाता था वही फेल हो गया था। जैसे ही अंकित पांडे फेल होकर हमारे पास आया। हम सब लोग उसे देखकर मुस्कुराने लग गये। अंकित पांडे गाली देते हुए बोला, "हरामखोरो, मैं तुम लोगों के चक्कर में फेल हो गया हूँ।"

तब दिनेश ने कहा, "तुम हमारे चक्कर मे नहीं, अपने ओवर कांफिडेंस के चक्कर मे फेल हुए हो?" सब लोग फिर से हँस पड़े। अब अंकित पांडे क्या बोलते। चुप रह गये।

अब फायरिंग के टेस्ट की बारी आई। फायरिंग में भी सब लग पास हो गये थे सिर्फ धीरेंद्र को छोड़कर। धीरेंद्र ने अपने टारगेट के बजाए मेरे टारगेट में गोली मार दी थी। क्योंकि उसके टारगेट में एक भी गोली नहीं लगी थी और मेरे टारगेट में दस में सोलह गोलियाँ लगी थी। मैं पास हो गया था धीरेंद्र फेल हो गया था।

जब अगले दिन फिर से अंकित पांडे का ड्रिल टेस्ट हुआ तो वह पास हो गया। और धीरेंद्र का फायरिंग टेस्ट हुआ तो वह गोल्ड मेडल जीत लाया था।

अब वो आखरी दिन भी आ गया जिस दिन ट्रेनिंग एरिया को हमें अलविदा करना था। आज का दिन हमारे लिये बहुत अहमियत का दिन था क्योंकि आज के बाद हम लोग ट्रेनिंग एरिया में नहीं आने वाले थे। जिस ट्रेनिंग एरिया में हम लोग छः महीने ट्रेनिंग किये थे। जिस मिट्टी में हम लोगों को पनिशमेंट मिलता था। उससे हमारा अजीब-सा नाता बन गया था। इस एरिया को छोड़कर हमारा जाने का मन नहीं हो रहा था। सुबह से हमलोग ट्रेनिंग के लिये जो सामान इश्यू कराये थे जमा कर रहे थे। आज लास्ट बार हमलोग ट्रेनिंग एरिया के चप्पे-चप्पे में घूम रहे थे। दोपहर को डेढ़ बजे जैसे ही सबकी फालिन हुई। टीएचएम ने

कहा, "आज लास्ट बार 31 कोर्स का चैम्पियन भारत माता की जय बोलेगा ।"

आज पता नहीं हमारे चैंपियन अमित मिश्रा को क्या हो गया, उसने जैसे ही भारत माता की जय बोला । वह अटक गया उसके मुख से इतना ही निकला, "भारत माते ।"

जितने भी कोर्स थे सब लोग हँस पड़े । अमित मिश्रा फिर से भारत माता की जय बोला । मगर फिर से उसके मुख से निकला , "भारत माते ।"

तभी पीछे से हमारा सेकेंड चैंपियन अमित चौहान बोला, "भारत माता की ।"

सभी लोग जोर से बोले, "जय ।"

अमित चौहान ने तीन बार भारत माता की जय का उद्घोष किया । सभी कोर्स वाले जय बोलकर हमें ट्रेनिंग एरिया से विदा कर दिया ।

जब मैंने अमित मिश्रा से पूछा, "मिश्रा जी आज तुम्हें क्या हो गया था?"

अमित मिश्रा भावुक होकर बोले, "यार करन भाई जिस मिट्टी में, जिस ट्रेनिंग एरिया में लगभग छः महीने बिताये हैं, आज उसे छोड़ने का मन ही नहीं हुआ । यह सोचकर मैं भावुक हो गया और भारत माता की जय की जगह भारत माते ही निकला ।"

भावुक तो हमारा पूरा कोर्स ही था । हर दिन ट्रेनिंग एरिया की जिस मिट्टी में हमलोग ट्रेनिंग करते थे पनिशमेंट पाते थे । मगर इस मिट्टी ने हमें एक भी चोट लगने नहीं दिया था । वह हमें अपने बच्चों की तरह सम्भाल कर रखी थी । भावुक तो होना लाजमी था । अब माहौल को खुशनुमा बनाने के लिये आर पी त्रिवेदी ने कहा, "भाई लोगों, कहो तो टीएचएम से कहकर एक महीना की ट्रेनिंग और बढ़वा लेता हूँ ।"

हम सब लोग हँस पड़े । ज्ञानेंद्र ने कहा, "रहने दे बाबा, बड़ी मुश्किल से छुट्टी मिली है । अब ट्रेनिंग न कर पायेंगे ।" फिर से सब लोग मुस्कुरा उठे ।

✳ ✳ ✳

अब हमें एक सप्ताह सीपी ग्राउंड (सेंट्रल परेड ग्राउंड) में सिर्फ ड्रिल करना था। इस ड्रिल को पीओपी (पासिंग आउट परेड) कहते हैं। रोज सुबह पाँच बजे सीपी ग्राउंड हमलोग पहुँच जाते थे। सुबह से शाम तक हमारी ड्रिल की तैयारी कराई जाती थी। ड्रिल में कदम न मिलने पर जमकर सुताई भी होती थी।

दो दिन कड़ी मशक़्क़त करने के बावजूद मेरी ड्रिल सही न हो पाई। मेरे कदम और हाथ हर बार सबके साथ नहीं मिल पाते थे, इसलिए मेरी वजह से सबकी ड्रिल खराब हो रही थी। ड्रिल उस्ताद मुझे कई बार समझाया और कई बार मारकर समझाने की कोशिश भी की। लेकिन मेरी ड्रिल नहीं सँभल पायी। मुझे ड्रिल से निकाल दिया गया।

अब मैं सीपी ग्राउंड में अपनी राइफल को दोनों हाथ से उठाकर चक्कर लगाता रहता था। मेरे साथ हमारे जोड़ी कोर्स 32 का पवन गुप्ता भी आ गया था। उसकी भी ड्रिल मेरी तरह अल्लाह तोबा हो रखी थी। हम दोनों सब के लिये खाना लाते और अपनी राइफल को दोनों हाथों में ऊपर उठाकर सीपी ग्राउंड के चक्कर काटते रहते थे।

अगले दिन तरुण यादव एमआई रूम चला गया। जिसकी वजह से वह भी मेरे ग्रुप में आ गया। हम तीन लोग हो गये जिसे ड्रिल से निकाल दिया गया। उसके एक दिन बाद अंकित पांडे फँस गया। वह तम्बाकू खाकर ड्रिल कर रहा था। ड्रिल इन्सटेक्टर ने उसे पकड़ लिया। पहले तो ड्रिल उस्ताद ने अंकित पांडे को जमकर पनिशमेंट दिया फिर ड्रिल से निकाल दिया।

अब चौथे दिन योगेंद्र यादव ड्रिल में कदम नहीं मिला पा रहा था। उसे भी ड्रिल से निकाल दिया गया। बाकी सब लोगों की ड्रिल बहुत अच्छी थी। वो लोग ड्रिल करते रहे। हम पाँचों दिनभर सीपी ग्राउंड के चक्कर काटते रहते थे।

आज शनिवार है और हमारे कोर्स का पीओपी होने वाला है। हम पाँच लोगों को छोड़कर सब लोग खुश थे।

हम सब लोग नम्बर वन ड्रेस में सुबह के छह बजे ही सीपी ग्राउंड पहुँच गये। जहाँ हमारा पीओपी यानी पासिंग आउट परेड होने वाला है। सुबह के सात बजे हमारा पासिंग आउट परेड शुरू हो गया। हम पाँचों लोग अपने साथियों को

देखते रह गये। सबका पासिंग आउट परेड का वीडियो शूट भी हुआ। लेकिन उस वीडियो में हम पाँच लोग नहीं थे। फिर पूरे कोर्स की ग्रुप फ़ोटो खिंचवाई गयी। फ़ोटो में हम पाँचों भी शामिल थे। हम सब लोग अपने-अपने साथियों के साथ कई फ़ोटो खिंचवाये।

जैसे ही पासिंग आउट परेड खत्म हुआ। आदेश यह हुआ जो पाँच लोग पीओपी में शामिल नहीं थे उन्हें तीन दिन के लिये रेस्टिकेट कर दो। बाकी सभी लड़कों को छुट्टी भेज दो।

हम पाँच लोग रेस्टिकेट कर दिये गये। हमारे सभी साथी चर जाने की खुशी में जल्दी-जल्दी अपना सामान बाँध रहे थे। हम पाँचों उन्हें देखकर दुःखी हो रहे थे। मगर किया भी क्या जा सकता है। हमारी किस्मत में रेस्टिकेट होना लिखा था। हमलोग रेस्टिकेट हो गये थे।

हमारे सब साथी जब छुट्टी चले गये और हमलोग छुट्टी न जा पाये। इस गम में शाम तक अंकित पांडे, तरुन यादव और योगेंदर यादव तीनों बीमार पड़ गये। सुक्र रहा कि मैं बीमार नहीं हुआ। मैं शाम को अपने सीएचएम प्रताप सर से मिला और तीनों का हाल बताया। मैंने सीएचएम सिर से कहा, "सर तरुण यादव, अंकित पांडे और योगेंद्र सिंह यादव बीमार पड़ गये हैं कुछ कीजिए वरना ये लोग ठीक होने वाले नहीं है।"

प्रताप सर ने कहा, "सोमवार को ड्रिल इंटेक्टर कमलेश तिवारी साब से मिल लो। वही तुम्हें छुट्टी भेजवा सकते हैं।"

अगले दिन रविवार था। मैं सोमवार को जाकर कमलेश तिवारी साब से मिला और उन्हें सारी कहानी बताई और कहा, "साब जी कुछ करिए और हम लोगों को छुट्टी भेजवा दीजिए वरना अंकित पांडे, तरुण यादव और योगेंदर यादव छुट्टी न मिलने के गम में कभी ठीक नहीं होंगे।"

कमलेश तिवारी साब ने मेरी बात सुनकर कहा, "करन तुम सभी लोगों को बुला लाओ। आज मैं तूम लोगों को स्पेशल ड्रिल सिखाऊँसिखाऊँगा।"

मैंने आकर सबको खबर दिया कि कमलेश तिवारी साब सबको बुला रहें

हैं। और वो हमको स्पेशल ड्रिल सिखायेंगे। मेरी बात सुनकर इन तीनों को साँप सूँघ गया। अंकित पांडे बेजान-सी आवाज में बोला, "तुम भोसड़ी के एक और लट्टू लेकर आ गये। यहाँ हमसे खड़ा नहीं हुआ जा रहा है और तुम स्पेशल ड्रिल की बात कर रहे हो।"

मैंने अंकित पांडे से पूछा, "छुट्टी जाना है कि नहीं?"

"जाना है।" अंकित पांडे ने जवाब दिया।

"तो फिर ड्रिल तो करनी ही पड़ेगी।" फिर मैंने कहा तुमलोग जल्दी से ड्रिल ग्राउंड पहुँचो मैं पवन गुप्ता को बुलाकर लाता हूँ।

तरुन यादव बोला, "ठीक है।"

जब तक मैं पवन गुप्ता को लेकर ड्रिल ग्राउंड पहुँचा। तब तक मेरे तीनों साथी भी पहुँच चुके थे। कमलेश साब आकर हमें फिर से ड्रिल सिखाने लग गये। उन्होंने कहा, "ये पार्टी सावधान।"

"सबने एक साथ पैर उठाकर जमीन में पटका। आवाज आयी पिट।"

कमलेश तिवारी साब गुस्से से बोले, "पिट-पट की आवाज से काम नहीं चलेगा। जोर से पैर पटको। मुझे आवाज आनी चाहिए- खटाक की।"

फिर उन्होंने आदेश दिया, "ये पार्टी विश्राम।"

फिर से हमारे पैरों की आवाज आई-पिट। कमलेश तिवारी साब बोले, "तुम्हारा कुछ नहीं हो सकता है। तुमलोग कल सुबह सात बजे मेन ऑफ़िस के पास आ जाना। मैं तुम्हें छुट्टी भेजने का बंदोबस्त करता हूँ।"

अगले दिन हमलोग नम्बर वन ड्रेस पहनकर सुबह सात बजे मेन ऑफिस पहुँच गये। थोड़ी ही देर में कमलेश तिवारी साब भी आ गये। उन्होंने हमसे कहा, "छुट्टी जाना है तो जब मैं बोलूँ सावधान तो जोर से पैर पटकना और जोर से जय हिंद श्रीमान बोलना। सबको पता चल जाना चाहिए कि तुम्हारा इंटरव्यू हो रहा है।"

हम पाँचों लोग एक साथ बोले, "ठीक है श्रीमान।"

चलो फिर एक बार प्रैक्टिस कर लो। कमलेश तिवारी साब बोले, "इंटरव्यू पार्टी, सावधान।"

हम सबने अपने पैर जमीन पर पटके लेकिन आज किसी के पैर मिले ही नहीं। आवाज आई पट पट पट। साथ में हमलोग जोर से बोले, "जय हिंद श्रीमान।"

कमलेश तिवारी साब हमारी ड्रिल देखकर बोले, "नालायकों तुम्हारा कुछ नहीं हो सकता है। सावधान ही खड़े रहना। मैं रिपोर्ट देकर आता हूँ।"

कमलेश तिवारी साब जाकर मेजर अभिषेक शर्मा साब को रिपोर्ट दिया, "श्रीमान मैंने ड्रिल में रेस्टिकेट लड़कों का ड्रिल टेस्ट ले लिया है। इन्हें छुट्टी भेज देते हैं?"

मेजर अभिषेक शर्मा बोले, "कमलेश साब एक बार इन लोगों की ड्रिल मुझे भी दिखा दो।"

कमलेश तिवारी साब के साथ मेजर साब भी आ गये हमारी ड्रिल देखने के लिये। कमलेश साब ने कहा, "इंटरव्यू पार्टी विश्राम।"

हमलोग ने एक साथ जमीन पर पैर पटका। आवाज आई खटाक। कमलेश साब मुस्कुराने लगे। फिर इन्होंने आदेश दिया इंटरव्यू पार्टी सावधान, "हम सबने फिर से जमीन पर पैर पटका आवाज आई खटाक, साथ ही सैल्यूट करते हुए बोले, "जय हिंद श्रीमान।"

मेजर साब हमारी आवाज और सैल्यूट को देखकर खुश हो गये और बोले , "भेज दो इन्हें छुट्टी।"

जैसे ही मेजर साब ने कहा, "भेज दो इन्हें छुट्टी।" हम लोगों की खुशी का कोई ठिकाना ही नहीं रहा। अगर हमलोग सावधान नहीं होते तो उछल पड़ते।

मेजर साब के जाते ही कमलेश साब ने कहा, "कमीनो बचा लिया मेरी इज्जत। जाओ छुट्टी, अब खुश हो?"

"बहुत खुश हैं साब जी।" हम पाँचों एक साथ बोले।

एक घंटे के अंदर ही हमें हमारा लीव सर्टिफिकेट और मोबाइल दोनों मिल गये। हमलोग अपने घर के लिये निकल पड़े।

अध्याय-20

ट्रेनिंग सेंटर से निकलते ही सबसे पहले मैंने अपने बाबू जी को फोन किया और बताया , "बाबू जी मेरी ट्रेनिंग पूरी हो गयी है और आज मैं यहाँ से निकल रहा हूँ।"

मेरे बाबू जी खुश होकर बोले, "आ जाओ बेटा, हमलोग तुम्हारा इंतजार कर रहे हैं।"

फिर मैंने वर्षा को फोन किया। किस्मत मेरी अच्छी थी कि फोन वर्षा ने ही उठाया। जैसे ही मैंने कहा, "वर्षा मेरी ट्रेनिंग पूरी हो गयी। मैं आ रहा हूँ।"

वर्षा खुशी से रो पड़ी। वह रोते हुए बोली, "जल्दी आओ मेरे फौजी। तुम्हें देखने का बहुत मन कर रहा है।"

मेरी और वर्षा की लगभग छह महीने बाद बात हो रही थी। आज हमारे पास इतनी बातें थी जो घंटे भर भी करने से खत्म नहीं होने वाली थी। मैं वर्षा को ट्रेनिंग में हुए वाक्या, हर हुड़दंग और रगड़ा के बारे में बता देता अगर वर्षा खुद न पूछती, "करन तुम्हारी ट्रेनिंग कैसे रही?"

मैं एक पल में अपनी ट्रेनिंग को याद करते हुए कहा, "बहुत अच्छी।"

अब मैं और कुछ बताता तब तक अंकित पांडे ने कहा, "करन जल्दी बात खत्म कर, अभी हमें कैंटीन भी जाना है।"

"किस लिये।" मैंने पूछा।

"अरे बोतल नहीं लेना क्या?"

"लेना है भाई, जल्दी चल।" मैंने कहा।

फिर मैंने वर्षा से कहा, "वर्षा अभी फोन रखता हूँ, बाद में कॉल करूँगा।"

वर्षा बोली, "ठीक है, ओके बाय।"

मैंने भी बाय कहा और फोन काट दिया। हमलोग अपना-अपना बैग लेकर कैन्टीन गये। कैन्टीन से पाँच-पाँच बोतल और एक दो जरूरी सामान लेकर रेलवे स्टेशन चले गये। शाम चार बजे हमारी ट्रेन थी। हमलोग ट्रेन में बैठकर कानपुर के लिये निकल पड़े। लगभग बहत्तर घंटे बाद ट्रेन कानपुर पहुँची। कानपुर से हम सब लोग अपने-अपने गाँव की बस पकड़ कर अपने गाँव के लिये निकल गये।

दोपहर दो बजे जब मैं अपने गाँव पहुँचा। मेरे गाँव के लोग मुझे मिलते ही गले लगा ले रहे थे। मैं आज पहली बार इतना सम्मान पाकर बहुत खुश था। गाँव के लड़के मेरे पीछे-पीछे मेरे घर तक आये। वो सब लोग मुझसे मेरी ट्रेनिंग के बारे में पूछ रहे थे। वो लोग मेरे बालों को देखकर मुस्कुरा रहे थे। अब मुझे रास्ते में मिल गये गोवर्धन चचा। मैंने उनके पैर छुआ। वो मुझे आशीर्वाद देते हुए बोले, "खुश रहो।" और इशारे से पूछा, "मेरे लिये बोतल लाये हो।"

मैंने भी इशारे से ही कहा, "हाँ, शाम को आना।"

गोवर्धन चचा बोले, "ठीक है शाम को आता हूँ।"

गोवर्धन चचा से विदा लेकर मैं अपने घर पहुँच गया। मेरे बाबू जी मेरा घर के बाहर ही इंतजार कर रहे थे। मैंने उनके पैर छुए। उन्होंने मुझे आशीर्वाद देते हुए कहा, "खुश रहो।" और अपने गले लगा लिया। आज मेरे घर में फिर से खुशी का माहौल था। घर में ही क्या पूरे गाँव मे खुशी का माहौल था। मैं फौजी बनकर बहुत खुश था। मुझे कभी भी उम्मीद नहीं थी कि मेरे गाँव वाले मेरा इतना सम्मान करेंगे। लेकिन आज जब मैं फौजी बनकर अपने गाँव आया तो सब लोग मुझे अपने गले लगा रहे थे और आशीर्वाद दे रहे थे।

कुछ देर बाद मुझे वर्षा का फोन आ गया। वर्षा बोली, "करन मेरे पास कब आ रहे हो?"

मैंने जवाब दिया, "थोड़ी देर में आ रहा हूँ।"

मैं वर्षा के घर जाना चाहता था मगर खाली हाथ नहीं। इसलिए मैंने सबसे पहले अपनी बाइक उठायी और मिठाई लेने चला गया। जब मैं मिठाई लेकर आया तो वर्षा के घर के सामने बाइक खड़ी कर दी। सामने ही बलवंत चचा मिल

गये। मैंने उनके पैर छुए और सामने मिठाई का डिब्बा बढ़ाते हुए कहा, "चचा मिठाई खाइये।"

बलवंत चचा मिठाई की एक पीस उठाकर खाते हुए बोले, "बेटा अंदर वर्षा और उसकी माँ है, उन्हें मिठाई नहीं खिलाओगे क्या?"

"अरे चचा ये मिठाई तो मैं वर्षा के लिये ही लाया था।" मैंने कहा और घर के अंदर चला गया।

सामने चाची भी मिल गयी। मैंने उनके पैर छुए और मिठाई का डिब्बा आगे बढ़ा दिया। वो बोली, "बेटवा इसकी का जरूरत है।" फिर उन्होंने भी एक पीस मिठाई की लेकर बोली, "बेटवा अंदर वर्षा है तुम उससे बातें करो। मैं जरूरी काम से जा रही हूँ।"

अंदर कमरे में वर्षा बैठी हुई थी। वह नयी नवेली दुल्हन की तरह शरमा रही थी। मैं उसके पास गया और बोला, "वर्षा।"

वर्षा खुश होकर मुस्कुराने लगी। मैंने उसकी तरफ मिठाई बढ़ा दिया। उसने मिठाई के डिब्बे लेते हुए बोली, "कैसे हो?" और उसके आँखों में आँसू आ गये।

मैंने जवाब दिया, "मैं ठीक हूँ।"

"तुम कैसी हो?"

"ठीक हूँ, तुम्हें देखे बगैर एक भी दिन नहीं कटता था।"

अब चिंता न करो, "मैं आ गया हूँ।"

वर्षा अपने आँसुओं को पोंछते हुए बोली, "पानी लेकर आती हूँ।"

मैंने कहा, "रहने दो, तुम्हें देखकर मेरी प्यास बुझ गयी है।"

मेरी बात सुनकर वर्षा की मुस्कुराहट लौट आयी। उसने मुझसे पूछा, "तुम्हें मेरी याद आती थी।"

"बहुत आती थी।" मैंने कहा। फिर मैंने पूछा, "तुम्हें?"

"मुझे भी, ऐसा कोई दिन नहीं था जब मैं तुम्हें याद न की हूँ।"

मेरी और वर्षा की घंटों बातें होती रही। हमारी बातें कम होने का नाम नहीं ले रही। वर्षा मुझसे बात करके बहुत खुश थी। मैं भी खुश था और मन ही मन सोच रहा था कि आज मेरे प्रति मेरे गाँव के लोगों का रवैया कैसे बदल गया है। बलवंत चचा जो लाठी लेकर मेरे घर आये थे और बोले थे कि, "अगर मैं उनके घर के आस-पास भी दिखा तो वो मेरी टाँग तोड़ देंगे।" आज वो खुद ही बोले थे, "बेटा वर्षा और उसकी माँ को मिठाई नहीं खिलायेगा क्या? वर्षा की माँ हम दोनों को अकेला छोड़ कर जरूरी काम से बाहर चली गयी थी।"

मैंने वर्षा का हाथ पकड़ कर उससे पूछा, "वर्षा तुम मुझसे शादी करोगी?"

वर्षा शरमा गयी, फिर वो अपनी आँखों को मेरी आँखों से मिलाकर बोली, "हाँ, मैं तुमसे शादी करूँगी।"

वर्षा की बात सुनकर मैंने उसे गले से लगा लिया। मैं वर्षा से मिलने के बाद शाम को गाँव घूमने निकल गया। गाँव में मुझसे जो भी छोटे लड़के थे। वो सब मेरे साथ हो लिये और मुझसे पूछने लगे, "करन भइया फौज के बारे में हमें भी कुछ बताओ।"

मैं उन लोगों को फौज की ट्रेनिंग के बारे में बताने लगा। ट्रेनिंग में क्या-क्या होता है। फायरिंग कैसे की जाती है। गलती करने पर सजा भी मिलती है। फिर मैंने उनसे कहा, "मैं एक सीडी लाया हूँ, अपनी पासिंग आउट परेड की। सब लोग आना आज शाम को देखने के लिये जरूर आना।"

सबने कहा, "हम जरूर आयेंगे।"

शाम हुई गाँव के सभी लोग इकट्ठा हो गये। मैंने अपनी पासिंग आउट परेड का वीडियो चला दिया। मेरे गाँव के लोग उसे देखने लग गये। फिर लोगों ने मुझसे पूछा, "करन तुम कहाँ हो?"

अब मैं क्या बोलता कि मुझे पीओपी से आउट कर दिया गया था। मैंने कहा, "आप लोग खुद ढूँढों, मैं कहाँ हूँ?"

मेरे पीओपी का वीडियो कई बार चला लेकिन मैं जब उसमें था ही नहीं तो कैसे दिखता। एक लड़का बोला, "करन भइया चौथी लाइन में है। दो लोग उनके

साथ चल रहे हैं। इसलिए सही से दिख नहीं रहे हैं।"

सबने चौथी लाइन के लड़के को करन मान लिया। मैं उन लोगों को खुश देखकर मुस्कुराने लग गया।

अगले दिन विनोद यादव मेरे पास आया और मुझे गले लगा लिया। फिर सकुचाते हुए बोला, "करन भाई क्या एक बार अपनी वर्दी पहनने को दोगे?"

"अरे विनोद भाई कैसी बात कर रहे हो। अगर आप न होते तो शायद मैं कभी फौजी बन ही नहीं पाता। आपने ही तो मेरा हौसला बढ़ाया था। आपके लिये तो जान हाजिर है।" फिर मैंने अपनी एक वर्दी निकाल कर विनोद यादव को दिया। वर्दी छूते ही विनोद यादव की आँखों में आँसू आ गये। उसने मुझसे कहा, "बड़े किस्मत वाले हो करन भाई।"

अब मैं क्या जवाब देता। मैं उनके सामने नतमस्तक हो गया। विनोद यादव वर्दी लेकर चले गये और वर्दी पहनकर एक फोटो खिंचवाई। फिर वो मेरी वर्दी मुझे वापस दे गये और बोले, "भाई कुछ भी हो, इस वर्दी का अपना ही नशा है। इसे पहनकर जोश आ गया।"

मैं विनोद यादव की बात सुनकर, "मुस्कराता रह गया।"

चार दिन बाद बलवंत चचा मिठाई लेकर मेरे घर आ गये। उन्होंने मेरे बाबू जी के सामने मिठाई का डिब्बा बढ़ा दिया। मेरे बाबू जी ने उनसे पूछा, "बलवंत ये मिठाई किस खुशी में है।"

बलवंत चचा बोले, "आपसे कुछ माँगने आया हूँ?"

"बताओ क्या चाहिए, इतनी-सी बात के लिये मिठाई लेकर आने की क्या जरूरत थी?" मेरे बाबू जी ने कहा।

बलवंत चचा बिना लाग लपेट के बोले", "मैं आपसे करन का हाथ वर्षा के लिये माँगने आया हूँ।"

मेरे बाबू जी ने बलवंत चचा की बात सुनकर ऐसे मुँह बना लिया जैसे उन्हें ये रिश्ता पसंद ही नहीं है। जब मेरे बाबू कुछ नहीं बोले, तो बलवंत चचा उठकर

जाने लगे।

अब मेरे बाबू जी मुस्कुरा कर बोले, "कहाँ चल दिये बलवंत?"

"आपने कुछ जवाब नहीं दिया, इसलिए मुझे लगा कि आपको ये रिश्ता मंजूर नहीं है। इसलिए जा रहा हूँ।" बलवंत चचा दुखी होकर बोले।

"अरे यार रिश्ता लेकर आये हो और हमारा जवाब जाने बगैर ही जा रहे हो।" मेरे बाबू जी ने कहा।

"अब जवाब जानकर क्या करूँगा, आपने तो इशारे में ही बता दिया कि यह रिश्ता आपको मंजूर नहीं है।" बलवंत चचा दुखी होकर बोले।

"अरे सुन तो लो यार, हमें वर्षा बहुत पसन्द है। हम उसे अपनी घर की बहू बनायेंगे।" मेरे बाबू जी ने कहा।

बलवंत चचा को यकीन नहीं हुआ। उन्होंने कहा, "सच कह रहे हो।"

"अब गंगा जल लेकर हलफ उठाऊ क्या?" मेरे बाबू जी ने कहा और बलवंत चचा को गले लगा लिया।

* * *

अरे भाई ये क्या हुआ, जब से मेरी और वर्षा की शादी की बात चली है। मैं जब भी उसके घर के पास से गुजरता वो शरमा कर घर के अंदर चली जाती। मैं उसे ऐसे करते हुए देखता तो परेशान हो जाता था। क्योंकि उसको देखने मे लिये मैं उसके घर के पास चक्कर लगाता और वो शरमा कर अंदर चली जाती थी।

अब जब भी मैं गाँव में जाता तो लड़के मुझसे कहते, "करन भइया ड्रिल सिखाओ न।"

मैं उन्हें ड्रिल सिखाता और मन ही मन सोचकर खुश होता कि मेरी खुद की ड्रिल तो सुधरी नहीं, मैं आपको कैसे सिखाऊँ। फिर भी मैं उन लोगों को सावधान-विश्राम, दाहिने मुड़, बायें मुड़ और सैल्यूट करना सिखाता था।

मेरी छुट्टी समाप्त होने को आ गयी थी। कल मैं वापस चला जाऊँगा। आज मैं वर्षा से मिलने उसके घर गया। वो शरमा कर मुझसे दूर हो गयी। मैं

कुछ देर तक उसे देखता रहा । जब वह मेरे पास नहीं आयी । मैं जाने लगा तो वर्षा बोली, "अब कब आओगे ।"

"पता नहीं, लेकिन जल्दी ही आऊँगा ।"

"मेरा तुम्हारे बिना दिल नहीं लगेगा ।" वर्षा पीछे से आकर मेरे कमर में हाथ डालकर मुझसे लिपटते हुए बोली ।

मैं मुड़ा और उसे गले से लगाते हुए बोला, "फौजी से प्यार की हो वर्षा, दिल को तो लगाना ही पड़ेगा ।"

वर्षा छोटी बच्ची की तरह मेरे सीने में अपने हाथ मारने लगी । यह उसके प्यार करने का तरीका था । मैंने उसके दोनों हाथों को पकड़ लिया और उसके माथे को चूम लिया । वर्षा एक पल के लिये फिर से मुझसे लिपट गयी । फिर मैंने कहा, "अब चलता हूँ, अपना खयाल रखना ।" और मैं अपने घर आ गया ।

अगले दिन मैं जब ट्रेनिंग सेंटर के लिये जाने वाला था । मेरे बाबू जी, भइया, वर्षा और बलवंत चचा सब लोग मुझे छोड़ने आये । मैंने सबका पैर छुआ और वर्षा से इतना ही कहा, "जब समय मिलेगा फोन करूँगा ।"

वर्षा बोली, "सच करोगे न ?"

"हाँ सच ।" मैंने कहा ।

मेरे पिता जी भाई और बलवंत चचा हँस पड़े । वर्षा शरमा गयी । अब मैं बस में बैठ गया । वर्षा मुझे ही देख रही थी उसके आँखों से आँसू बह रहे थे । मैं वर्षा को देखता रहा और मेरी बस आगे बढ़ती गयी ।

* * *

जैसे ही मैं कानपुर पहुँचा । मुझे मेरे सारे दोस्त मिल गये थे । हम सब लोग एक-दूसरे से मिले और एक-दूसरे को गले लगा लिया । अब हम सब लोगों को एक ही ट्रेन से सिकंदराबाद जाना था । हम सब लोग ट्रेन में बैठ गये । ट्रेन सिकंदराबाद के लिये निकल पड़ी ।

एक हफ्ते के बाद हमारी कसम परेड हुई । मंदिर के सामने पंडित जी ने

हम सब लोगों को गीता पर हाथ रख कर कसम खिलाई, "मैं कसम खाता हूँ। मैं अपने सीनियर के हर एक आदेश का पालन करूँगा। उनके कहे अनुसार आग, पानी और हवा के रास्ते मैं अपने देश के लिये अपनी जान भी कुर्बान कर दूँगा। मैं कभी भी अपनी इस वर्दी पर ऐसा कोई दाग नहीं लगने दूँगा, जिससे हमारी यूनिट और हमारी फौज की बदनामी हो।"